画像

付旭东悬疑小说集

付旭东 ◎ 著

群众出版社

图书在版编目（CIP）数据

画像／付旭东著．--北京：群众出版社，2022.7
ISBN 978-7-5014-6250-6

Ⅰ.①画…　Ⅱ.①付…　Ⅲ.①短篇小说—小说集—中国—当代
Ⅳ.①I247.7

中国版本图书馆CIP数据核字（2022）第106430号

画像

付旭东　著

出版发行：群众出版社
地　　址：北京市丰台区方庄芳星园三区十五号楼
邮政编码：100078
印　　刷：北京画中画印刷有限公司

版　　次：2022年7月第1版
印　　次：2022年7月第1次
印　　张：9.25
开　　本：880毫米×1230毫米　1/32
字　　数：148千字

书　　号：ISBN 978-7-5014-6250-6
定　　价：39.80元

网　　址：www.qzcbs.com
电子邮箱：843195700@qq.com

营销中心电话：010-83903991
读者服务部电话（门市）：010-83903257
警官读者俱乐部电话（网购、邮购）：010-83901775
综合分社电话：010-83901705

目　录

目　录

下山虎

整个上午，我都窝在实验室里。新作《与目击者沟通》即将杀青，我在做最后的校对。跟文字打交道是件辛苦事，以至于有人走进来我还浑然不觉。

“有件事想找你商量一下。”来人说，“电子物证室准备扩建。按上面的要求，实验室面积不得低于五百平方米。”

我当即一愣。回头看去，原来是我的上司，物证鉴定中心主任。他身材矮胖，脑袋和肩膀无缝对接。

“电子物证室扩建……”我有些不解，“这跟摹拟画像室有什么关系？”

“现在已经进入互联互通时代，电子物证方面的检验任务呈直线上升，大有超过 DNA 的态势。实验室扩容，已经刻不容缓。”主任表情僵硬，“物证鉴定中心就这么三千平方米，一个实验室扩大就意味着另一个实验室要缩小……”说完，他左右看了看。

我终于有点明白了。“你的意思——摹拟画像室要缩小?”我问。

“准确地说，是裁撤。”主任生硬地说。

“简直是胡扯!”我起身说，“摹拟画像是刑事侦查最传统的技术手段，有多少案件正是依靠一张画像成功锁定嫌疑人的。”我指了指一旁的荣誉展柜，里面陈列着大大小小的奖牌和荣誉证章，“看看，它曾经创造过多少辉煌。”我抑制不住内心的怒火。

“我理解你的心情，但咱们得面对现实。”主任反剪着双手，“我查了查，近两年直接靠画像的破案数为零，五年前是七，十年前是三十二，十五年前则是惊人的八十九。时代变了，老伙计！视频监控全覆盖之后，画像专业就没多大用处了。就像现在，只能做点理论研究之类的事情了。”

“理论研究是刑事技术工作的重要组成部分。”我据理力争，“侦查破案需要完备的技术支撑，这涵盖所有的专业，缺一不可。不要因为一时一事就夸大或者否定某个专业的作用。作为刑事技术部门的主管领导，你不应该这么短视。”

“行了，行了，咱们就不要争论了。对摹拟画像专业和你个人，我是十分尊重的。”主任说，“这件事马上要上会了，日子不等人，希望你有个心理准备。”

“我现在明确地告诉你：我不同意这个决定！”我不假思索地说。

主任挤出一丝笑意，无奈中夹杂着一丝讥讽。“老伙计，我是真心想帮你。可咱们中心这么多人，也得一碗水端平。给你透个信，今天这事不是我提出来的。刚才周局让我去了他的办公室，就裁撤画像室的事情征求了我的意见，我的观点跟你一模一样。只是……我没能让他改变主意。”他的语气突然变得舒缓，“不过，他让我通知你，要你马上跟古大打个电话——江岸刑侦大队的古大。”

“什么意思？”

“江岸刚刚发生一起命案。现场位于拆迁区，没有监控。嫌疑人在逃，侦查部门需要一张画像。”主任大有深意地看了我一眼，“再跟你透个信儿！周局说了，如果你把这个案子搞定了，也许他会重新考虑……不多说了。剩下的，你自己掂量着办。”

主任离开之后，我环顾四周——工作台上散落的木炭笔、老掉牙的榆木画架、贴着素描画像和嫌疑人照片的展墙、堆满人像资料的档案柜和柜子顶上的骷髅头……眼前的这些，承载着一个专业的从无到有；换个角度，也承载着一个人三十多年的奋斗。

半晌，我拨通了古大的电话。

我和古大沿着一条弯弯曲曲的巷子往前走。两边早已人去楼空，地上尽是瓦砾、垃圾和肆意流淌的污水。

“以前，这里是全市最大的城中村——一共十六条巷子，最多的时候住了四五万人。”古大灵活地绕过障碍。他身手敏捷，具有一名基层侦查指挥员的务实和果敢。“去年年初开始拆迁，陆陆续续都搬走了，只剩下零散的几户。停水停电也不管用，这些人总有办法。”

“也许是条件没谈妥。”我小心地跨过地上的污水，“靠拆迁一夜暴富的故事，实在是太多了。”

“刚开始我也是这么想的，以为是钉子户。走访才知道，只是些普通租户。”古大说，“这些人大多没有收入，说白了——无处可去，只能赖在这里，好歹能够遮风挡雨。死者就是其中之一，绰号叫‘白条’。我跟他算得上老熟人了，刚参警那会儿就跟他打交道。最初在长途客车上圈红蓝铅笔、砸健力宝易拉罐；后来把黄花菜染色冒充藏红花；此后又假扮神医，或者拿二极管忽悠人。这些骗局慢慢的人尽皆知，就没有饭吃了。我还以为他早改行了呢，没想到还在干这个。”

有垂落的电线挡住去路，我们猫腰钻了过去。

“今天早上，白条和三个同伙把高价收购电子芯片的那场戏又演了一遍。没想到，这种老掉牙的鬼把戏竟然钓到一条大鱼，骗了人家整整三十万。是现金，装在一个黑色购物袋里面。按照剧情设定，白条接过购物袋后立马开溜，由三个同伙陪受害人继续兜圈子。大概过了半个小时，三个家伙甩掉受害人之后赶到白条这儿，准备二一添作五瓜分赃款。没想到，进门就看见白条躺在地上，后脑勺开花。此外，装有现金的购物袋也不翼而飞了。”

“这么说，他们没有看到凶手。”我说。

“当时没有看到凶手。”古大说，“不过，三个人回想起来，在几分钟之前，也就是他们来到白条楼下的时候，看到巷子另一头有个匆匆离去的背影。”

“不会要我根据背影画像吧?”我半开玩笑地说。

“呵，可别说，这个背影现在就是咱们唯一的抓手。从调取的监控视频看，背影近来在周边一带出现过几次——穿件棉大衣，走路一瘸一拐。最近一次在三眼桥北路，离这儿就两个路口，从南往北走，拐个弯就不见了。我让目击者看了视频，基本上能够确认。”古大这时恳切地说，“虽说时间紧、任务重，但这次的目击条件还是不错的。三个目击者跟嫌疑人一起吃过饭，印象很深——你可得多费心。”

最后一句话让我陡然有了紧迫感。我这才意识到，已经很久没有临危受命了。

“尽管是个背影，但他们觉得很像某个人，”古大接着说，“一个绰号叫‘下山虎’的家伙。前天晚上，他们几个在白条家里炖了一锅羊肉。吃到一半的时候，来了个陌生人，就是这个叫‘下山虎’的。也不知道他的真实姓名，只知道是白条的老乡。来得早，不如来得巧。于是，白条拉上下山虎一块儿喝酒。所以，三个人对他都有印象。”

“他们怀疑下山虎杀了死者？”我问。

“下山虎的一条腿有问题，走路一瘸一拐；再就是衣着——下山虎前天晚上裹着件棉大衣，今天巷子里看到的那个人也是相同的打扮。所以，他们一眼认出是下山虎。此外，就是时间上的吻合——三个人试图扶起白条的身子时，发现后脑勺在渗血，尸体还是暖和的——说明是发生不久的事情。虽然没有亲眼目睹，但他们觉得肯定是下山虎干的。”他接着说，“只可惜这一片属于拆迁区，没有监控设施。除了一个绰号，我们对嫌疑人一无所知。”

“这么说，目击活动发生在前天晚上，目击者就是死者的三个同伙。”

“对，是这么回事儿。”

“先去看看现场。”我说，“我想了解一下目击环境和光线条件。”

我们边走边说，眼前出现一个拉着警戒带的门洞。

抬头看去，是一栋灰不拉儿的五层小楼。

“现场在最上面一层。”古大说，“下面四层全空着。瞧，门窗都被捡破烂的拆走了。”

我俩顺着黑咕隆咚的楼梯拾阶而上，直到走进一扇敞开的房门。

一间不大的房间里，拥挤地摆放着单人床、衣柜、沙发、茶几和煤气灶，显得杂乱不堪。

“尸体送解剖室了，在这个位置。”古大指了指茶几跟双人床之间的地面。上面有粉笔标注的尸体形状，头部位置是一摊凝固的血泊。“三个人进门看见白条仰面躺在地上，刚开始以为他不小心摔倒了；扶起来一看，发现后脑勺全是血，头盖骨都碎了。接着，看到旁边有块拳头大小的水晶石，上面沾着毛发和血迹。这玩意儿是白条屋里的东西，平常放在冰箱上当摆件。法医室对水晶石上的毛发和血迹进行了检验，结合尸检报告，认定这块水晶石就是杀人凶器。”

“现场勘查有收获吗？”我问，“比如指纹或足迹什么的。”

“别指望这种水泥地面能留下什么。”古大环顾四周，“还有这些满屋子的破烂。技术人员在家具上提取了几枚指纹，经过比对，确认是三个同伙的。发现白条被杀之后，三个人在屋里一阵翻找，想把那个装钱的购物袋找出来，结果什么都没寻到。”

“一会儿把现场的原始照片发给我。”我朝门外走去，“三个目击者在哪里？”

“在大队等着。我把三个人隔离了，免得他们交头接耳，导致记忆污染。”古大咧嘴一笑，“这都是你教我的。”转而又说，“我初步问了一下，他们前天晚上跟嫌疑人一块儿喝酒聊天，印象非常清晰。跟那种擦肩而过的情形相比，画像的条件要好得多。”

我点了点头。我跟古大打了多年的交道，他对我的工作非常熟悉。

“三个目击者多大年纪？”下楼的时候我问。

“说了半天，竟然忘了重点。”古大笑了笑，“我把目击者的情况介绍一下：他们相互之间习惯以绰号相称，我就用他们的绰号介绍吧。一号目击者叫‘老猫’，五十九岁。以前是省化工文艺队的。下岗之后，送牛奶、送报纸、送煤气罐子，什么都干过。后来，在路边扔张棋谱下残棋；再后来，认识了一帮同道中人，开始‘做笼子’。老猫老谋深算，是这个团伙的老大，也是这个剧组的导演——什么角色分配和编排演练，包括分赃，都是他说了算。二号目击者叫‘饼子’，五十一岁。‘两劳’人员，坑蒙拐骗偷，样样都会。大个子，一脸横肉，没什么脑筋，典型的四肢发达、头脑简单。三号目击者是个女的，叫‘虾子’，四十九岁。当过坐台小姐。虽说是个老菜薹，但卖弄风骚还是有一套，在那些老家伙面前特别有效。今天被骗的那个老赵就是虾子在微信上钓到的。大致就是这些。其他的细节，一会儿聊天你就知道了。对了，听说你在写一本书，书名叫什么来着？”

“《与目击者沟通》。”

“听起来不错。你可是这方面的专家了。”

“现在，画像的案子不多了。”我苦笑道，“做做研究，总比喝茶、看报纸要强。”

“不能这么说呀。屯口的案子，那个女孩子言之凿凿。要不是你，我们早被她带沟里去了。还有江滩上装在旅行箱里的那具白骨，要不是你复原相貌、快速找到尸源，凶手早就跑了。花无百日好！关键时刻顶得上，就行。”古大的声音略显激动，听得出是他的肺腑之言。

我张嘴想说点什么，但最终咽了回去。

走出巷子，天已擦黑。想到即将面对的三名目击者，我内心里忽然涌起一股莫名的期待。

我在一间普通的办公室见到老猫。他头发稀疏；面部因为衰老而松弛、肿胀，最惹眼的莫过于脸颊上蛤蟆皮一般的坑坑洼洼；身材臃肿，穿着一件质感廉价且不太合身的夹棉外套。看到我走进来，他的表情淡定而温和，就像看见一位老熟人。

“你应该知道我是谁。”我把工具箱搁在办公桌上。

“他们介绍了，刑侦局的画像专家。”老猫看着工具箱，“你想给凶手画张像，让我跟你说说他的长相……”

我笑着挥了挥手，示意他不用着急。“咱们就随便聊聊。”我从工具箱里依次取出铅笔盒、画板、人像图谱之类的画像工具。

这只是惯常的开场白，并非真的有心闲扯。与目击者沟通的首要任务是了解对方，而评估一个人最好的方式莫过于闲聊。好处有二：一方面可以转移焦点，让对方缓解压力；另一方面可以摸清对方的性格、习惯和偏好，从而选择最适合的沟通方式。

“听说你在省化工干过?”我抛出话题。

“刚参加工作时，就在那儿。因为会拉手风琴，分到宣传部文艺队。在那里，什么都干——除了拉手风琴，还学了打快板、吹萨克斯、说湖北大鼓，还有相声小品。文艺宣传嘛，大家喜欢什么，我们就表演什么。那时候年轻，学什么像什么。别看我现在不怎么样，年轻的时候可是‘香饽饽’。追我的人不少，我老婆就是其中的一个。她是厂医院的护士。苗条，长得也很漂亮。当然，追她的人也不少……”回忆往事，老猫不无感慨，“后来，厂子慢慢不景气了——先是裁员，后是改制，最后是下岗。下岗第二年，老婆就走了。那时，我们还住在厂里，筒子楼，五家共用一个卫生间。有天晚上，儿子趴在板凳上写作业，老婆到卫生间洗澡，没想到电热水器漏电，就这么倒在里面了。还是邻居发现的。120来了，看一眼就走了。等我踩三轮车送煤气回来，看见老婆蒙着块白布，直挺挺地躺在地板上，儿子仍旧趴在旁边的小板凳上写作业。等我走近了才发现，他一边写作业，一边掉眼泪……”

老猫瞟了瞟桌子上的工具，耷拉的眼角不自觉地抽动了一下。

“你儿子应该成家了。”我打开铅笔盒，从里面取出工具刀，开始削铅笔。

“也走了，抑郁症。他妈妈死后，他很少说话。”老猫抿了抿嘴，“在屋里窝了上十年，吃药也没用。有一天，我推门后发现屋里没动静，拉开隔帘一看，他在窗齿上系了根绳子……也好，他轻松了，我也轻松了。”

说这些的时候，老猫显得格外轻松，好像都是发生在别人身上的事情。从心理学的角度看，这属于一种正常的应激反应。

“抱歉。”我欠了欠身，“实在不该提起这种伤心事。”

“没什么，都过去很多年了。以后的事情你应该听说过，在街上下残棋混饭吃的时候认识了一帮人，开始搭伙求财，说白了就是‘做笼子’。”老猫不无嘲讽地说，“也算是重操旧业——同样是演小品，只不过换了个地方。”

“你这比喻倒是很形象。”我笑着说，“这年头，街头诈骗已经越来越少了。现在全是电信和网络诈骗，你这活儿已经淘汰了。”

说到这儿，我心里五味杂陈。几个小时前，有人也说过类似的话，可谓余音犹在。

“我不赞成你的观点。”老猫脸色泛红，“从长远看，还是老套路管用。现在的路数无非新瓶装老酒，万变不离其宗。老套路眼下虽说不吃香，但混口饭吃还是不成问题。这不，偶尔还能给你一点惊喜。要知道，新东西都是一阵风——来得快，去得也快。现在的人呀，都急功近利。”

老猫的这番话，让我不禁想起实验室裁撤的事情。脑子一分神，笔尖“啪”的一声折断了。

“我这都是瞎说，瞎说。”老猫似乎意识到什么，“你可别介意！”

“你说得对。”我说，“虽说是老套路，可今天你们竟然骗了人家三十万。要不，说来听听！”

“其实就是演戏。”老猫娓娓道来，“最开始由虾子打着交友的旗号，在微信上‘钓鱼’。这一招其实很灵，经常有些老家伙上钩。男人嘛，都是贼心不死。今天这个老赵，是虾子在集家嘴一个广场上认识的，跳了两回交谊舞之后就加了微信。虾子上午约老赵到江滩喝咖啡。老赵去了之后，看见虾子旁边还坐着一个人。虾子介绍说是胡总，两个人是老街坊，刚才碰巧遇到的。于是，三个人一起聊天。聊到一半的时候，来了一位王经理，是来找胡总的，想拜托胡总销售一批货。简单交谈之后，王经理扔下一个样品就走了。此后，胡总打了一个电话，来了一个自称‘刘总’的人。此人仔细查看样品之后，确认是时下被欧美卡脖子的高端芯片，说这个芯片现在很紧俏，有多少他要多少。等刘总走后，胡总约虾子一起发财，虾子又拉老赵入伙……接下来的事情，不说你也知道的，就不啰唆了。”

“连环套。”我说，“你扮演胡总，饼子扮演刘总，白条扮演王经理。”

“好眼力。”

“能用这种老套路骗到钱，演技可不一般呀。”

“哪里，哪里？”

我跟老猫相视一笑。与目击者沟通，关键在于互动。对目击者而言，画像专家的理解、信任和尊重比任何策略都管用。

“警官……”老猫颇有些神秘地朝房门瞅了一眼，“我觉得你待人不错，没有瞧不起我们这种人。你放心，别的不敢说，下山虎的长相我是记得清清楚楚的。我给你好好讲讲，你照我说的画，准能立功。”

按既定方案，步入正题之前可以抛出一些宽泛的话题，让目击者在无结构访谈中变得自信，愿意积极、主动地表达自己。见老猫已经进入状态，我决定不加阻拦。

“他是国字脸型，”老猫开始描述，“不长不短的头发耷拉在一边——跟您的发型有点像，只是稍长一点；眉毛有点浓，有点倒八字；眼睛不大不小，双眼皮；高鼻梁；厚嘴唇。”老猫一边描述，一边拿手比划，“长相看起来很普通。要说有什么特点，可能是满脸的胡碴子，看起来有几天没刮过了。”

“你跟他只见过一面？”我拿起画板。

“虽然只有一面之缘，但前天晚上吃饭的时候我跟他面对面。”老猫说，“按说今天也看到过，只不过是个背影。”

“从看到他的第一眼开始说吧。”我扬了扬铅笔，“我想知道整个目击过程，包括一些细节。”

“抽支烟可以吗？”老猫从口袋里掏出烟，点着，“前天下午，我们在白条那里排练。就是今天的这场戏。虾子跟老赵吃过几次饭，觉得可以摆场子演戏了。这几个月，我们一直在演‘尼姑算命’。怕大家对‘收购芯片’生疏了，决定再排练一遍。碰巧白条大前天买了两斤羊肉，排练完了，大家一起做了个羊肉火锅。吃了不到一半，听到有人敲门。开门看见一个穿棉大衣的人。白条出门，跟那个人聊了一会儿。虽然隔着一扇门，但外面说什么，屋里还是听得见。”

“两个人聊了些什么？”我问。

“大致意思是，白条差对方的钱——具体多少钱就不知道了，对方找白条要账，好像孩子要交学费什么的，白条请对方宽限几天。”

“有没有闹得不愉快？”我问，“比如发生争吵？”

“还算和气。一会儿后，两个人进来了，白条请对方入座。看得出来，两个人关系还是不错的。白条介绍对方叫‘下山虎’，跟他是荆州老乡。你知道的，我们这种人不喜欢打听别人的事情。大家一起喝酒，都是闲扯，不聊正事儿。直到八点钟，才散场。我跟饼子、虾子是先走的，留下白条和下山虎继续吹牛。”

“都说喝酒见性格，”我停下来，“你觉得下山虎是个什么性格？”我的问题直指人格特征。它是相貌特征的重要组成部分。

“外表看上去是个大老爷们，满脸络腮胡子。不过，说起话来慢条斯理，性格属于不温不火的那种。对了，他的腿好像有点问题，走路有点跛。”

“你们喝的什么酒？”

“黄鹤楼。”

“五个人一共喝了多少？”

“虾子没喝。”老猫认真地回忆，“四个人喝了两瓶，每人半斤。”

我放下画板。上面白纸一张。之后，我开始收拾桌子上的东西，将它们一股脑放回工具箱。

“你……没画？”老猫一脸疑惑地看着我。

“磨刀不误砍柴工。”我拎起箱子，“在画像之前，我想听听你们每个人的描述。”

坐在对面的女人四十多岁的样子，穿件款式过时的蓝色貂皮夹克。瓜子脸，五官小巧精致。除了略显低俗的文眉和两颊的黄褐斑，算得上风韵犹存。

“你叫虾子？”我打开桌子上的工具箱，但并没有把东西从里面拿出来的意思。

“都这么叫我。我不喜欢这个名字，但没办法。”她扑哧一乐，“习惯了就无所谓了，你说呢？”

我笑着点了点头。“为什么选择干这个，”我问，“街头诈骗？”

“有选择的话，谁会干这个？”她反问一句，“怎么说呢，都是没办法才走到这一步的。俗话说，一步踏错终身错。我是第一步就走错了，认识了以前的老公。是个吃喝嫖赌的班子，不过长得很帅，有点像郭富城。”她眨巴眼睛说，“不知道你见没见过这种人——输惨了，竟然会打自己老婆的主意——叫老婆去陪别人。我以前的老公就是这种人。只可惜鬼迷心窍，我还真听他的。后来，破罐子破摔。我现在的老公是我的小学同学，搞修理的，也算有个手艺，老实人。只可惜命不好，前几年肾坏了，每个星期都要做透析。其实，我们只是搭伙过日子，没办手续。”说到这儿，她稍显烦闷，拿眼睛漫无目的地四下打探。

“想抽烟吗，请便。”我说。这是我从她皮肤的光泽和牙齿的颜色作出的推断。

她再次扑哧一乐。之后，掏出烟点着了。

“有孩子吗？”

“跟那个烂人有个孩子。是个姑娘。”她捋了一下刘海。她的头发染过，发质干枯，跟皮肤一样没有光泽。“跟人跑了，两年都没有联系了。”

“其实，街头诈骗就是演戏——在不同的戏里，你们扮演的角色也不一样。”我问，“我想知道你们是怎么分工的？”

“老猫以前是干这一行的，”她吐出烟雾，“他知道每个人的特点。”

“能说说你们几个人的特点吗？”我问。

“不说那个下山虎吗？”她微微一愣。

“凡事都得一步步来。”我解释说，“虽然你们都是目击者、看到的是同一个目击对象，但人各有异。由于认知习惯不同，每个人的观察、记忆和描述也不尽相同。我想了解一下这方面的情况，以便精准地把握你们的目击证词。”

她将信将疑地瞄了我一眼。“老猫就不用说了。以前，我们都是单干，是他把我们拉扯在一起的。”她停顿了一下，“先说白条吧。他已经死了，按说死者为大，但说句不敬的话：这哥们儿人品确实不怎么样。你懂我的意思吗？”

我扬了一下眉毛，示意她继续讲下去。

“自私，小气，喜欢争长短。”她接着说，“吃亏的事躲得远远的；有好处了，跑得比兔子还快。说话也是虚啦吧唧的。听说以前在荆州卖假药，还闹出过人命。后来，不知道怎样搭上了老猫，就把他拉进来了。这是两年前的事了。他只听老猫的，跟饼子不对眼，两个人总是磕磕绊绊。饼子是那种直脾气，人不坏，就是嘴巴啰唆、沉不住气，喜欢跟白条抬杠。有几次两人差点打起来，好在被老猫扯开了。”她朝工具箱溜了一眼，又很快转移了视线。

“哪个团队都一样，”我替她总结了一句，“总有不和谐因素。”

“你挺幽默的。幽默的人招女人喜欢。”她抬起眼角，眼神中含有几分媚态。

“要不，咱们聊聊今天的事儿?”我连忙转换话题，“你们认为白条是下山虎杀的，仅仅因为在巷子里看到一个背影?”

“我敢说，女人看男人更准。”她咬了一下嘴唇，“虽说只见过一面，但我一眼就能认出来。他仍旧穿着那件棉大衣，瘸着腿慌慌张张的样子。我猜他是来要账的，可能看到购物袋里的钱，就起了歹心。他看上去不像什么好人。”

“为什么这么说？”

“满脸胡子，老是斜着眼睛看人，说话也是吞吞吐吐的，感觉特别狡诈。”

“能说说他的长相吗？”我从工具箱里取出画板和铅笔盒，“我想给他画张像。侦查员正在找他，想知道他长什么模样。”

她点了点头。“国字脸。”她眨巴着眼睛，“头发不长不短；眉毛有点浓，有点倒八字；眼睛不大不小，双眼皮；高鼻梁；厚嘴唇。长相看起来很普通，唯一的特点是脸上长满胡子。”

“胡子有多长？”我把玩着铅笔。

“不是很长，可能十天半月没刮过了。”

“前天晚上，下山虎跟你们一起吃饭，”我问，“跟你们聊了些啥？”

“他没怎么说话。”她撅了一下嘴角，“我总觉得这个人很阴险。”

“前天晚上，他喝了不少。”我说，“他喝酒上脸吗？”

“这个……”她皱了皱眉头，“说实话，没太注意。”

“嗯，老猫说，下山虎喝了不到一杯就满脸通红。”

“呵呵，老猫这人心细。”

“对了，下山虎抽烟吗？”

“没什么印象……”她再度陷入茫然，“都几天前的事了，有点想不起来了。”

我把东西放回工具箱的时候，她露出一脸的不解。

“我们先到这里。”我起身说，“我想跟饼子聊会儿，也许他看得更清楚。”

我在走廊上碰到古大。他跟两名侦查员急匆匆的，正赶着出门去。

“那话怎么说来着，福无双至，祸不单行！府河泵站捞起来一个河漂，都泡烂了。我先过去一趟。说不准要搞尸体相貌复原，又得麻烦你。”他边走边说。

“没事儿，你先忙。我是‘既来之，则安之’。”我说。

古大走出去几步，突然回头。“你要的现场照片，发你手机上了。”他挥了挥手，“随时保持沟通。”

见到饼子之前，我查看了手机上的现场照片。这些照片反映了现场的原始状态：死者仰卧在茶几和单人床之间，一块不规则的血泊从头部向茶几方向延展。杀人工具——那块水晶石位于血泊跟茶几之间。放大观察，参差不齐的单晶锥体上果然沾染着毛发和血迹。

在走廊最顶端的一间办公室里，我见到了饼子。

大个子，身板粗壮厚实；刚理过的小平头让脸型显得愈发方正——发际线与眉毛的间距过于狭窄、嘴唇与下巴的距离又过于宽阔，让这张脸显得孔武有力的同时少了点聪明劲儿。此刻，他双手插在裤兜里，直挺挺地坐在对面，表情紧绷，一副守门员般的防卫姿态。

我从工具箱里取出画像工具，将它们整齐地摆放在桌子上。我的整套动作，更像是某种仪式。

“知道我准备干什么吗？”我问。

“给下山虎画张像。”他喉咙里咕噜着说。他的声音粗重而干涩，听起来很不舒服。

“我跟老猫和虾子已经见过面，”我把身体靠在椅背上，“他们的记忆非常清晰。不过，你可以补充点什么。”

对方没有吭声，只是警惕地朝我看过来。

“你是什么时候认识老猫的？”我岔开话题。这么做，无非是想缓和一下气氛。

“三年前……”对方迟疑片刻，“有一天，我妈买菜的时候被人‘做了笼子’，身上仅有的两百块钱被骗走了。等我赶过去，人已经跑了。第二天，我又去了一趟，终于逮到一个。我把他狠揍了一顿。他把钱退了，又请我吃了个饭，算是赔罪。他问我在做什么，我说刚从里头出来，什么也没做。他要我入伙，说正好差个角儿。那段时间，我一直找不到事做，就答应了。”

“白条和虾子，也是那个时候认识的？”

“当时，他们跟老猫已经在一起了。”

“听说，你跟白条的关系很紧张。”

“我不喜欢心机太重的人。”

“我觉得老猫也是这种人。”我说。

“老猫不一样。老猫是个实在人。”

“此话怎讲？”

“就说我妈动手术那次吧。”对方舔了一下嘴唇，“他二话没说，就把脖子上的金链子拽下来了。那是他唯一值钱的东西。”

对方的表情渐渐舒缓，但眼神中的敌意并没有完全褪去。

“能说说前天晚上的情况吗？”我导入正题，“你们跟下山虎一起吃过饭。”

“是的，在白条家里。”对方清了清嗓子，“中途来了个人，是白条的老乡，就是下山虎。两个人在外头聊了一会儿。之后，进来一起喝酒……”

他停了一会儿，似乎陷入回忆。我没有出声。这种时候，保持沉默比什么都重要。

“他话不多，荆州口音，跟白条一样……”对方又清了清嗓子，他的表述显得有点艰难，“把酒喝完，我们三个就走了。下山虎跟白条坐在沙发上，继续聊天。”

“下山虎说过自己是干什么的吗？”我问。

对方迟疑地摇了摇头。

“他没说点什么吗？”我提示说，“跟自己相关的什么事情？”

“没有。”

“我问过老猫和虾子，他们说他穿着一件蓝颜色的棉大衣，腿有点瘸。”

“是的。”

“他们说他喝酒上脸。”

“是的。”

“他也抽烟？”

他点了点头。

“能说说他的长相吗？”

“国字脸；头发不长不短……”对方开始描述，“眉毛有点倒八字；眼睛不大不小，双眼皮；高鼻梁；厚嘴唇——长相很普通。”

“你忘了说胡子——”我在脸上比划了一下。

“是的。”对方连忙补充说，“他长着络腮胡子。”说着，他将视线转移到桌子上的画像工具。

我明白他的意思。“好吧，最后问你几个问题。”我把人像图谱推到他面前，“这里有各种各样的胡子，我想知道下山虎的胡子跟哪一种最接近。”

对方瞟了我一眼，极不情愿地从口袋里抽出双手。

我靠在椅背上，耐心十足地看着他一边翻阅图谱，一边仔细回想。几分钟后，他把翻开的一页推了过来。

我没有理会，只是拿眼睛紧盯着他的右手。当他意识到之后，迅速将手放回口袋里。

屋里弥漫着一种怪异的氛围。我冷冷地看着他，这让他感到浑身不自在。

我哼了一声，笑了。之后，走出了房间。

会议室挂着一个市区地图。我在地图前站立良久，视线顺着三眼桥北路延伸，再延伸，在一个地方终于停了下来。

我接通了古大的电话，那头警笛鸣叫、人声嘈杂。我能想象，一个户外的河漂现场是什么场景。

“我想核实一下，”我尽量长话短说，“你那边的死者是不是裹着一件棉大衣？”

电话那头，好几秒都没有动静——古大用惊讶代替了回答。

放下电话后，我返回房间。饼子脸色焦躁。

“你在说谎。”我不急不缓地说。

对方触电般的朝我看过来。他张大嘴巴想说点什么，但仅仅只是嗫嚅了几下。

两名侦查员推门走了进来，也不说话，只是静静地站在一旁。见此情景，对方不由得慌乱起来。

“你们在街头演戏也挺不容易的，不仅要瞅准地方，还要瞅准对象。可眼下的这场戏，被你们演砸了——既没瞅准地方，也没瞅准对象。”我踱着步子，“演戏就是演戏，永远取代不了事实。奉劝你不要入戏太深。你可以仔细想想，不过暂且得换个地方。”说完，我朝两名侦查员递了个眼神。

古大进来的时候，我正盯着一块单向玻璃。玻璃的另一面是讯问室。

“你葫芦里卖的什么药?”古大心急火燎地问，“泵站的无名尸跟这起案件有什么关系?”

“别急，跟我进来一下!”我冲他意味深长地说，“这出戏没那么简单。依我看，是戏中有戏呀。”

我俩一前一后，走进了讯问室。

饼子脑袋低垂，双手依旧插在口袋里。见我跟古大进来，立马挺直了姿势。

“饼子，你是个老实人。老实人有个通病，就是不太会撒谎。”我在他对面坐下来，“不知道你意识到没有，闲聊的时候，你的表达非常顺畅。可一旦涉及目击活动，你的喉咙仿佛变成了一口枯井。你开始频繁地清嗓子，否则，很难正常发出声音。司法心理学的研究表明，人在说假话的时候，声带会变得干涩、僵硬，说谎者往往下意识地用清嗓子的方式进行调整，以此缓解和掩饰自己的紧张不安。”

对方眼中掠过一丝慌乱。

“所谓的目击，只是一个虚构的场景。”我叉起双臂，“前天晚上，你没有看到下山虎。不，是你们。之所以得出这样的结论，是因为你们的描述过于详细。”

对方脸色通红，喉结滚动了两下，似乎想表达什么。

“没错，我说过，要你们尽可能描述得详细些。这一点，你们完全做到了。”我说，“但你们忽略了另外一点——记忆不是客观事物的翻版，仅仅代表每个人的主观愿望。囿于个体的差异，即使你们看到的是同一个人，也不可能一模一样，毫无差异。”

对方一脸的疑惑不解。再看一旁的古大，同样是一头雾水。

“关于下山虎的长相，你们几乎众口一词，包括表达顺序，甚至某些措辞。然而，你们对其他细节却一无所知。我故意设置了两个小测试——下山虎是否抽烟以及喝酒是否上脸，结果，你们不约而同地顺着竿子爬了上去。”

对方从口袋里抽出双手，很快又放了回去。他再次变换姿势，显得坐立不安。

“相比而言，肢体语言比嘴里说的更能说明问题。”我拿指肚敲打桌面，“比如老猫，情到深处却出奇的淡定，只有自编自演的时候才活泛起来。虾子就不一样了，闲聊的时候乐呵呵的，一旦涉及正事儿，立马就变了脸。”

余光看去，对方眼珠子不停地转动。

“再说你吧！从我走进办公室，你就把手放在口袋里。按说，这是轻松、惬意的表现，但从肢体语言全然看不到这点。相反，你显得紧张和焦虑。我让你翻看图谱，并非为了求证什么，只是想搞清楚你为什么要把手藏起来。果然，我发现你的右手虎口有几道新鲜的划伤。这让我立即联想到本案的杀人凶器——一块表面布满单晶锥体的水晶石。这些锥体的末端尖锐、参差不齐，如果用它袭击死者，在重力作用下，抓握部位很可能受伤。”

对方直勾勾地看过来，嘴唇不停地颤抖。

“你就是杀人凶手！”我说。

“我……我只是正当防卫！”对方脱口而出，“他想掐死虾子！”

此话一出，我跟古大交换了一下眼神。

古大请我去他的办公室喝茶。才沏好一壶老枞，一名侦查员就把他叫走了。

留下我一个人，独自品茶。不知不觉，又想起实验室裁撤的事情。一番患得患失之后，心里多了几分烦闷。

没一会儿，古大回来了，脸色透亮。

“被你说中了，真的是戏中有戏呀。”他眉飞色舞地说，“河漂的尸源刚才搞清楚了，是个流浪汉。前几天喝多了，稀里糊涂的，掉进水里，顺着河流漂到府河泵站了。你猜怎么着？这个人就是下山虎的原型！”

听话听音。不用说，老猫已经交代了。

“既然两桩事情都有了着落，”我放下茶盅，“那我就回去了。”

我准备起身离开，却被古大拦下来。

“你听我复盘一下，也算有始有终。”古大说，“我知道你有心事，待会儿还有好消息要告诉你呢。”

见他言真意切，我只好重新落座。

“这起案件的整个过程是这样的：今天上午，四个诈骗犯罪嫌疑人设局行骗——骗了受害人赵某的三十万块钱。按照角色分工和事先的约定，白条在得手后迅速溜走，由另外三个人陪受害人兜圈子；之后，逐步摆脱受害人。最后，四人在白条的住处会合。”

我们继续沏茶。

“最先摆脱的是虾子。”古大啜饮一杯，“当她赶到白条的住处，发现白条背着一个鼓鼓囊囊的双肩包正准备出门。察觉到不对头之后，虾子试图阻止他。双方的争执，很快演变成撕扯和打斗。饼子赶来时，看见白条将虾子死死按倒在地。情急之下，饼子抓起冰箱上的水晶石，朝白条狠狠砸了下去。等老猫赶来时，白条已经一命呜呼。他打开白条的双肩包，发现除了一些私人物品，里面果然装着刚刚骗来的三十万现金。虾子没猜错，白条是想独吞这笔钱。此刻，三个人的第一反应是瓜分赃款、尽快逃离现场。还是老猫冷静，认为警方一旦介入，他们绝对脱不了干系。考虑到那一带正在拆迁、没有安装监控，老猫心生一计——编造一个人来背锅。”

古大说得兴起。破案后的复盘，无疑是刑警最享受的时刻。

“准确地讲，是编造一次目击行动。”我接过话茬，“老猫是个好编剧。这对他来说，不过是小菜一碟。”

“没错。为了贴近真实，老猫特意找了个原型，就是那个穿棉大衣的流浪汉。在白条楼下的巷子里，老猫见过这个流浪汉。前几天，有人看见他落水了，在水里扑腾两下后就看不见了。老猫知道这事儿，今天正好作为创作素材用上了。为了统一口径，他在抖音里找到一个农民工打扮、长着络腮胡子的人。可能觉得这个人的长相和气质比较契合，决定以此作为下山虎的原型。为了加深印象，三个人反复观看视频，直到熟记于心。”说到这儿，古大有点懊恼，“也正是确有其人，这个下山虎被他们说得传神，连我都信以为真了。”

“所谓‘三人成虎’，说的就是这个意思。”我说。

“最后，”古大接着说，“老猫让饼子将双肩包藏在对面一排房子的某个阁楼；之后，让虾子打了报警电话。这就是整个案件的全过程。”

“这主意还真不赖。”我喝了一口茶，“既可以嫁祸于人，又不影响坐地分赃。”

“不过，我挺好奇你是怎样识破他们的鬼把戏的。”古大问，“就凭一个眼神或者一个乐和？”

我笑了笑。此时再卖关子，已全无必要。何况像这样的破案机会，不知道以后还有没有。办公室茶香四溢，我决定跟古大好好聊一聊。

“在见到三个目击者之前，你给我简要介绍了他们的情况。从摹拟画像的角度看，如果一起案件有多人目击，往往选择目击条件最好的入手。作为诈骗团伙的核心人物，老猫的认知和思辨能力肯定略胜一筹。因此，我决定从老猫入手。”

我摇了摇茶杯，里面的茶汤温润清透。

“老猫的表现很正常。唯一让我感到疑惑的是，他对嫌疑人相貌的描述过于流畅，几乎不假思索，一气呵成。要知道，这种情况在实际案例中非常少见。因为记忆只是若隐若现的头脑意象，目击者在描述的时候会不同程度地表现出不自信、犹豫不决或者时断时续。不过，我并没有因此产生怀疑。”

“接下来是虾子。”我啜饮一口，“让人不解的是，她的描述简直是老猫的翻版。我揣测：在带到这里之前，他们可能串供过。我故意挖了一个坑，谎称老猫说下山虎喝酒上脸。对我临时挖的这个坑，她想都没想，就跳下去了。这有悖常理——不容易说清楚的却说得很清楚，容易说清楚的却反倒说不清楚。所以，我怀疑她说了假话。”

“很快，我在饼子身上找到了答案。”我接着说，“饼子的描述，跟老猫和虾子如出一辙。这证实了我的推断——三个人的确串供了。当发现他右手虎口有伤，我立即联想到这起案件的杀人凶器——水晶石。”我长吁一口气，“这起案件不仅戏中有戏，而且真中有假、假中有真。必须承认，看破这案子，真有点运气的成分在。如果府河泵站的尸体今天没有漂起来，这两件事情还很难串成一根线。”

“与其说是运气，不如说是老天爷帮了你一个忙。”古大意味深长地说，“我早就看出你心绪不宁，后来才弄明白，你是惦记着你的画像室。”

“你怎么知道这个……”我有些纳闷。

“你们周局说的。”古大呵呵一笑，“刚才我跟他汇报了这起案子，他很高兴，顺带说了画像室裁撤的事情。今天正好逮着机会，我把摹拟画像的重要性跟他大谈了一通。现在可以告诉你的是，他已经改主意了。”

几天后，我在实验室收拾东西。把一堆奖牌和荣誉证章装进纸箱的时候，心里别有一番滋味。

这时，古大怒气冲冲地进来了。

“你是怎么回事呀，上上下下都同意了，自己反倒变卦了。”他黑着一张脸，“你这不是要性子吗？”

我赶紧拉把椅子请他坐下。

“我不是故作清高。”我说，“这个案子给了我很多启示。其实，摹拟画像的运用千变万化，可以随时势任意转换，不必拘泥于传统的模式。你看，下山虎这案子我都没有动笔，照样把案子搞定了。既然如此，犯得着为眼前的这间办公室纠结吗？”

“真是皇帝不急太监急！”古大只顾摇头，“刚才我去了趟周局办公室，汇报工作是假，替你吆喝是真。结果倒好，他笑我狗拿耗子多管闲事，说你已经打了报告、主动提出裁撤画像室了。”

看古大吹胡子瞪眼的样子，我暗自好笑。

“走吧，请你吃牛肉面，算是赔罪！”我拍了拍古大的肩膀，“对面开了一家襄阳牛肉面馆，味道挺正宗的。这阵子，我可是一天不吃就难受。今天也带你去过过瘾。”

见他蒙圈，我不由得拽了他一把。“对了，我刚才专门研究了一下：抬头望月、向山而行的老虎称上山虎；身体朝下、下山而行的老虎称为下山虎。上山虎吃饱喝足、傲视山林，寓意平安无事。下山虎是饿虎，为了不被饿死才下山觅食；有形即有灵，下山纵跳必然伤人无数。”

说话间，我跟古大走出实验室去。

慢一拍

我从睡梦中惊醒时，仿觉有刀尖顶在脖子上。

床头灯打开了，我看到一张令人生畏的脸：鼻子又短又扁；络腮胡须犹如丛林里生命旺盛的野草，密密匝匝地聚集在嘴巴周围；一双灰褐色的小眼睛发出鹰一般的寒光；可能因为紧张或兴奋，面部肌肉不时抽搐着，露出一副似笑非笑的表情。

一张我不想看到的脸。

刀尖的部位有些刺痛。只要稍稍用劲，我脖子里喷出的血会溅他个满脸。这场景我见过。不过，现在还不到时候——我心里清楚。我知道他的意图，目的

没有达成之前，他不至于让我一命呜呼。

即便这样，我还是浑身冒汗。我的眼珠子在这张脸和看不见的刀尖之间来回转动。

他用另一只手掀开我的被子。我胸前的文身、裸露的私处，还有紧贴在身旁的砍刀，一露无遗。那把砍刀足有两尺长。

他笑了，露出一口烂牙。“哈哈，兄弟！这次，你又慢了一拍。”他顺势抓起砍刀，“咣当”一声扔到墙角。

刀尖有意识地增加了压力，它的主人有些按捺不住了。夜很沉寂，但并不意味着可以浪费时间。一句话很快从他嘴里蹦了出来：“钱在哪里？”

我没有吭声。显然，他知道会这样。我们知己知彼。

他扼住我的脖子，硬生生地把我拖进洗手间。这么做，无非是想我给点颜色看看。洗手间比房间更隐秘，不用担心会闹出什么动静。

整个过程，我都很配合。他身强力壮，高出我半个脑袋，加上架在我脖子上的刀，反抗的意义不大，几乎毫无胜算。

洗手间很陈旧，是二十年前的风格——密不透风，四周没有一扇窗户；里面空间狭小，除去浴缸、洗手池和马桶，没有太多回旋余地。

他用手铐将我从背后铐住。不知道他从哪里搞到这玩意儿，看来早有预谋。手铐绕过靠墙的一根水管。我现在唯一能做的，是顺着水管向上或向下移动。我选择了后一种做法。当手铐的高度降到最低时，正好可以坐在地上，而且身体可以斜靠着马桶。尽管马桶的边沿有点硌人，但总比站着强。我又尝试着伸直双腿，让自己尽可能舒服一点。感觉还不错，如果没有匕首在眼前晃来晃去的话。

他没有阻拦，并非出于宽容或者良心发现。毋庸置疑，这种姿势对他有利。如果我直挺挺地站着，双腿依然活动自如，会对他形成潜在的威胁。

没必要干傻事。即使能狠狠踢他一脚，倒霉的终归是我。

他蹲下来，用刀在我腿上比划着。“说！钱在哪里？”

“说了又怎样？说了就会放过我吗？”

他的脸抽动了一下，“那得看我的心情。”

“反正都是死，干吗要说呢?”

他僵硬地笑了一下，眼睛直勾勾地看着我。

刀尖沿着膝盖缓缓而上，带着一丝凉意，让人不由自主地泛起鸡皮疙瘩。我不喜欢这种不痛不痒的滋味，倒不如直接捅上一刀，那样更痛快。

刀尖在大腿根部停了下来，接着拐入内侧。

我条件反射似的并拢双腿，“别，别！不要!”

他又笑了，看上去很瘆人。

我的私处一阵冰凉。刀刃很锋利，只要猛地往上一挑——我不敢多想，会是怎样的结果!

“……别！我说，我说还不行吗!”我的嘴皮子有点哆嗦起来。

他露出一丝得意。我又看到了一口烂牙。

“在哪里?”

“在……那里。”我朝他身后努努嘴。

他回头看了看浴缸——三面靠墙，一面贴着白色的瓷砖。在瓷砖底端，有个黑乎乎的洞口，是个检修口。

他的目光停留在那里。

之后，他歪斜着头瞟了我一眼。

我懂他的意思，连忙补充说：“没错，就在那个洞里。”

他朝浴缸挪了一步，伸出的手勉强能摸着洞口。

他不得不暂时从我这儿抽身，还没忘了警告说：“别跟老子耍花招！”随后，把刀从我裆里抽了出来。

他爬过去，朝洞里警惕地看了看。那里一片漆黑，什么也看不到。他似乎有点不放心，又凑到跟前，像狗一样嗅了嗅。

我想，除了潮湿发霉的味道，他什么都没闻到。

他双膝跪地，然后探出左手——长度显然不够。换作我，肯定会采用仰卧的姿势，左臂能完全伸进去，而腾出的右手依然可以持刀防卫。

他果然这样做了。

他不仅残忍，而且老奸巨猾。

不过，似乎有了麻烦。

就在这时，浴缸下面传来“咔嚓”一声——是金属碰撞发出的声音。

没错！就是这种声音！听起来干脆有力！

他的胳臂好像被什么东西卡住了。他想挣脱，咬着牙使劲往外拽。看上去，却没那么简单。他瞪大眼睛看着我，里面喷出的全是火！

我都不敢看他，怕被火烧着。

一番折腾之后，他脸上和脖子上全是汗——一半出于体力消耗，一半出于疼痛。

被带齿的铁夹子夹住手腕，可不是什么好事。

他得歇会儿，看上去已经筋疲力尽，只剩右手还在坚持。那把刀还在有气无力地摇晃着。

间或朝我这边瞅瞅，好像在愤愤地说："王八蛋，竟敢跟老子来这一手？有种！"

"是你逼的。"我想。这都是事实。

"告诉我，里边到底是什么玩意儿？"

"逮野猪的夹子。我老家在山里，打小就玩这个。"

"王八蛋！待会儿老子活剐了你！"

"放心，没机会了。这玩意儿只会越来越紧。被它夹住，就别想跑掉。连野猪都跑不掉，何况是人！"

"老子今天非杀了你不可！"

"省着点劲儿！你不知道这玩意儿的厉害——上面的铁齿带刀口，割破血管就死定了。"

我们对峙着，空气很沉闷。

局势顷刻间改变。尽管我被铐在水管上，但不再是一只待宰的羔羊。

他很恼火，因为稀里糊涂地丢掉了主动权。他唯一的优势是手里的那把匕首。于是，他抬手刺了过来。

我连忙缩起身子。事实上，我始终在提防着，从他将手伸进洞里的那一刻起，我就在不断地调整姿势，悄然拉开敌我之间的距离。先是收起两条腿，然后，让双手和脊背沿着水管顺势向上，直至脚后跟紧抵着屁股。当刀刺过来的时候，我实际上是蹲在那里了。

我发现，即便这样，也不能彻底摆脱危险。要不是躲闪及时，刀尖险些划伤膝盖。

他不肯罢休，紧咬着牙，艰难地向我靠近。

不知什么时候，我发现自己竟然站了起来。简直有些神奇！看来，求生的本能让人无所不能。现在任凭怎样，他都奈何不了我。我紧贴水管，跟刀尖保持二十公分的距离。

他接二连三地朝我刺过来，却都是徒劳。这让他怒不可遏，像疯子一样胡乱挥舞着手里的刀！

不过白白浪费体力罢了。意识到这点后，他重新躺下去，盘算着下一步该怎么办。他的当务之急，是摆脱手腕上的铁夹子。如果成功了，我会死得很惨。

我也在盘算。我的当务之急，是摆脱手铐。如果成功了，他同样会死得很难看——我想起了外面的砍刀。

直挺挺地站着很累。趁着空挡，我换了换脚。也不敢大意，绷紧的弦只能些微松动一丁点儿。

现在机会均等——我们双方都是命悬一线，不知道谁能笑到最后。

既然到了这个份上，有些事情我还是想搞清楚。我问：“阿强是你杀的？”

他没有回答。

“这么说，阿强的钱……也在你手上？”

他把视线从天花板上移过来，“是的，我把他宰了。他憋不住了，一天也憋不住了，出去花天酒地。用不了几天，警察就会找上门来。到时候，我们都得完蛋。”

“为什么要杀我，也为了钱？”

“呸！你个王八蛋，也配分钱？下手的时候，你在干什么？吓得连刀都拔不出来！要不是老子手快，你现在还能睁着眼睛说话？撤的时候也一样，半天看不到人影。我跟阿强在摩托艇里，足足等了你五分钟……你他妈总比别人慢一拍！”

“我承认比你们慢一拍。我没杀过人，从没干过这种事。我只是害怕，那天都吓尿了，尿了一裤裆……可是，别忘了！这些点子都是我想出来的——假借毒品交易，把他们骗到趸船；钱到手后，乘摩托艇过江……是我一步一步引他们上钩的。”

他听后，只是哼了一声。

“阿强死得太惨了！脸被戳得稀巴烂，被装进麻袋、扔到化粪池里。我是从认尸启事上看到的，尸体的左膀子上文着一只九头鸟。那是夏天我跟他一起去文的，他刚从牢里出来。我知道，他是你杀的，只有你知道他躲在哪里，知道他的钱藏在什么地方。你杀他，纯粹为了钱。我们事先说好平分，这很公平。可你杀了阿强，现在又想把我干掉，打算独吞……”

他动了一下，像一只用链子拴起来的野兽，随时会发起攻击。我不由自主地往后欠了欠身子。

浴缸下有声音传出，是金属和水泥的碰撞声。

我知道他想干什么，心又悬了起来。

“你不会得逞的！”我诅咒说。

这么说的时候，连我自己都觉得底气不足。

我承认我胆小，充其量只是个小混混，连警察都认为我干不了大事。进局子是常事，不过，从来没有蹲过班房——不像阿强，一进去就是四年。

他不停地动作，一心想挣脱出来。

这是我最担心的事情。

浴缸底下“咯噔”一声，听上去有点不对劲。我的心，瞬间提到嗓子眼儿上了。

果不其然，他脸上露出一丝窃喜。他成功了！他使劲拽动手臂，身体一寸、一寸地往外挪。不一会儿，整个上臂从里面挣脱出来了！

我感到大难临头，嗓子眼一阵发干，像一口枯井。

他又咧嘴笑了。我又看到了他嘴里的烂牙，魔鬼一般。

不过，他的脸很快阴沉下来。从表情来看，他的手臂再度被卡住，似乎比之前更牢固、更难以摆脱了。野猪夹子就是这样的，只会越来越紧。没有例外。

他懊恼不已。随后，歪着脑袋朝这边看过来。我又看见了两团火。

他突然朝我扑过来！

挣脱上臂后，他离我更近了。近得出乎意料，以至于第一刀就刺中了我的脚踝！随后是第二刀、第三刀……我不停地躲闪，或踮起一只脚单腿站立，或双脚离地，像猴子一样跳来跳去。

我的小腿和脚，很快就鲜血淋漓了。

他丝毫没有停下来的意思，反倒更加疯狂。也许因为看到了血。血不代表希望，但能激发兽性。

好在我没有吓蒙，还有唯一的选择。马桶在眼前晃动，我铆足力气，跳了上去。

我再次脱离了险境。谢天谢地！我长吁了一口气。继而惊喜地发现，如果侧着身子，还能稳稳当当地坐在水箱盖上。

现在，对面的人只能眼睁睁地看着我。他显得很沮丧。毕竟，刚刚他差点就成功了。

他喘着粗气，偶尔露出痛苦的表情——夹子上的铁齿不仅牢固，而且很锋利。

我也好不到哪里去。伤口正在淌血，马桶里面一片殷红。我有点晕血，不敢往下看。

我突然间想哭。

“阿强准备买房子结婚，这你是知道的。我也一样，打算开个修理厂，老老实实地过日子。我们约好了，扎扎实实地干上一票，然后就此收手。我们干得不错，应该说很成功，每个人都分了一笔钱。可你……竟然打起了歪主意！”我的声音有点走调，“阿强真蠢！我跟他从小玩到大，知道他脑袋简单。他说你在牢里帮过他，经常替他出头，要我也把你当兄弟看。其实，我早就看出来了：你心狠手毒，跟我们不是一路人……”

“闭嘴！老子最讨厌唧唧歪歪的！”他朝地上啐了一口。

“去你妈的！去死吧，你！”到了这个份上，我反倒不那么怕了。“今天，你别想站着出去。我不是阿强，才不像他那样傻！”

“给老子安静会儿！”他又扬起手里的刀。

“想杀我？来呀！”我嗤笑了一声。

“好吧，我们谈个条件。”他说。

“条件？什么条件？”我很警惕。要知道，他是个狡猾的家伙。

“我把手铐钥匙给你，你帮我把夹子打开。阿强的钱……我们二一添作五。怎么样？”

“阿强的钱？你让我拿阿强的钱？亏你想得出来！”听到这话，我就来气。“他爹妈都七十多了，就这么一个儿子。你杀了阿强，你让他们活不活？他女朋友怀了他的孩子，就要生了。你让他们怎么活？”

他寻思了一下，又说：“那好，我把阿强的钱给你……你的钱我也不要了。这样总可以吧？”

“可以个屁！我的钱本来就是我的，凭什么给你！”我很气愤，“你杀了阿强，又想杀我……现在倒好，想跟我谈条件。死了这份心吧！”

他没再说什么，只是一声不吭地望着天花板。鬼知道又在打什么主意。

我很快后悔起来。为什么不同意他的条件呢？只要打开手铐，主动权就在我手里。我可以宰了他，把他碎尸万段，为阿强报仇。当然，在那之前，我要让他交出所有的钱！

我又慢了一拍。我真笨！

这时，我忽然想起四年前的一幕来。

我在电玩城被人打了，出来给阿强打电话。他来了，一个人来的。对方有三个，我们才两个。我说再喊几个人过来，他说不用。于是，一场混战。中途有人倒下了，血流了一地。阿强动了刀子，他实在招架不住了。

眼前一片殷红，跟四年前的血没什么区别。

我有些恍惚了，眼皮上下打战。

我闻到烟味，是阿强。他一脸痞相，朝我脸上喷了一口烟，满是得意地说："明天去拿证。"

"靠，这么快！也不跟我商量商量！"

"跟你商量个屁，等着当干爹吧。"

我把烟从他嘴里抢过来，抽了一口，给呛住了……

迷迷糊糊地睁开眼，才知道在做梦。

果然闻到烟味了——对面的人正在抽烟。刀放在一旁，还有烟和打火机。

"来一根？"他的语气很平和，听起来有点陌生。我发现，他的脸色有些发白。

我懒得理他，把头故意撇向一边。不过，很快我又朝他看去。准确地说，是朝他的手上看去。他手上捏着一把闪闪发光的钥匙——手铐的钥匙。

"我想问你一个问题。"

"你说。"我紧盯着那把钥匙。

"你是在父母身边长大的吗？"

“我是奶奶带大的。小时候，我爸妈在外头打工，很少回来，一年见不到几次……基本上没人管。你呢？”

“我？呵呵，”他浅浅地笑了一下，“我是个孤儿。”

“孤儿？这么说，你爸妈死得很早？”

“我都不知道父母是谁。生下来就被扔掉了，扔在码头上。”

“后来呢？”

“一个老头把我捡回家。是个孤老头子，给江滩的露天仓库守夜。”

看来是个故事，我没有打断他。

“白天，我在一堆麻袋上爬来爬去；晚上，跟他睡在一起，喜欢把头枕在他的肚皮上，软软的，很舒服，还能听见里面咕咕的响声……”

讲到这儿，他接连喘了几口气，看上去有些累了。

“只是好景不长，我五岁那年，他死了。之后，一个货车司机收留了我。他没有孩子，要我给他当儿子。他是个酒鬼，经常打我，下手很重；他老婆也打我，骂我是野种，养不了家。后来，我跑了，还是回到码头，饥一餐饱一餐。中途被人领养了几次，时间都不长……”

他舔了舔嘴唇。

“后来，我偷偷溜到轮船上，发现上面什么都有，能弄到各种各样的好吃的。有一回，我弄到几个黑黑的、圆圆的家伙，皮很厚，很硬，只好用脚踩，踩了好几脚才爹开。里面的肉是白色的，软软的，一点甜味都没有……最后，全扔了。后来才知道，那这玩意儿叫山竹。还有一回搞到一瓶消毒水，以为是饮料，‘咕噜’一口喝下去……”

他想笑，但没笑出来。

“长大后就没意思了——坐牢，出来，又进去——好日子全耗在里头了……”

“不太走运。”我说。

“是啊，我这辈子生下来就不走运。连爹妈都不知道是谁。也想过几天安稳日子——娶个老婆，生个孩子，可就是做不到呀……怎么也做不到。”他叹了口气，“不甘心呀，就这么白白走了一遭。”

他的声音，听上去有些异样。这时，我发现，他的眼角竟然挂着一滴泪珠……

他突然转过脸来，问我：“你相信轮回吗？”

他的脸像纸一样白。

“轮回？”我说，“你是指生和死？”

“是的，人死之后会转世投胎，生命又重新开始。”

“好像听我奶奶说过。她信佛。”

“以前，我不信这个。不过，现在信了。”

我不懂他在说什么。现在，我眼里只有那把钥匙。

“就在刚才，在来的路上，除了两旁的树，周围一片漆黑。车灯照着前面，我看见路边有个发亮的东西。我把车停下来，走过去。是个粉红色的包裹，里头是个刚出生的婴儿。我有些犹豫。你知道，我还有重要的事情。我要赶到这儿，把钱拿到手，然后把你干掉，然后……跑得越远越好。我转身回到车上，抽了一支烟。我很纠结，最后……还是鬼使神差地下了车，把包裹抱了上来。你知道吗，我想起了我自己，也是这样被抛弃的。这孩子跟我一样……”

他歇了一口气，“我想，今天晚上发生的事情，生……还有死，一切都是命中注定。这孩子……等一下你就会看到他，长得跟我很像，真的！我觉得……他就是我！”

之后，他一动不动地躺在那里。起初，我以为他睡着了，直到他用微弱的声音说：“车停在楼下，钱……

都在里面。帮我照顾他，好吗?”

“好的。”我点了点头，“我答应你。”

“拜托了……”说完，他把钥匙扔了过来。

我从马桶上跳下来，手忙脚乱地打开手铐。

我迟疑地走到他跟前。他半睁着双眼，停止了呼吸。

浴缸的边沿有明显的缝隙，我拿手指抠进去，一把掀开。一股呛人的血腥味，扑面而来。

显然，铁齿划破了他的手腕。

我跌跌撞撞地回到房间，拉开窗帘。天空，已经泛出鱼肚白。

一辆面包车，孤零零地停在下面。两位晨练的大妈在一旁指指点点，可能注意到了什么。

我想，我得走了，赶在她们报警之前。我可不想比警察慢一拍。

画 像

他坐在我对面，隔着一张桌子。

看上去二十七八岁，头发凌乱，面容憔悴，带着通宵审讯的后遗症。

他的身旁有块展板，上面钉满嫌疑人的画像和被抓获之后的对比照片。

他瞟了一眼照片，又看了看面前的桌子。那是一张圆桌，而不是审讯室里的矩形桌子。当然，也看到了桌子上的旅行包。

跟昨晚的审讯相比，他能觉察到眼前的变化，包括坐在对面的我。

他知道我的身份。我是一名画像专家，带他进来的侦查员刚才介绍过。我想，他是头一次听说这种职业身份。对于接下来会发生什么，他显得没底。不过，他不想表露出来。

我也知道他。一个专盯奥迪车下手的盗车嫌犯。他还有个同伙，在堵截的过程中溜掉了。侦查员正在展开排查和通缉，但没有这个同伙的照片。所以，亟需一张摹拟肖像。

这就是他来这儿的原因。

紧张已经消褪，脸上是一种无所谓的表情。他坐在那里，漫不经心地打着哈欠；剩下的，就是用挑战似的眼神看着我。

我们对峙着。

人们常说，眼睛是心灵的窗口。这话一点不假。我的目光掠过稀疏的发际、眉间的一处伤疤、微微翕动的鼻孔以及干枯皲裂的嘴角……然后，又回到他的眼睛。里面是漠然和敌意，还有重压之下的坚守。

他移开视线，显得漫无目的。最终，我们的目光还是交汇了，像被暗流漩起的两只小舟，极不情愿却又无法避免地触碰在一起。

“我想，我们得谈谈。”我能看见玻璃门后面晃动的影子。

时间在一分一秒地流逝，外面的侦查员有点急不可耐了。

他抿紧了一个嘴角，露出几分不屑，好像在说：“我们？我们有什么好谈的？去你的！”

之后，他把脸侧向一旁，若无其事朝向展板。

这是预料之中的情形。侦查员告诉我，他在昨晚的审讯中“油盐不进，连屁都没放一个”。这种嫌犯并不少见。他们信奉“坦白从宽、牢底坐穿”，把自己的嘴巴堵得严严实实的。

我看到那只旅行包——他的同伙在仓皇逃离时，将它落在了车上。

也许，可以从这里找出门路。

打开后，里面有几件衣服和一顶白色棒球帽。还有一只透明的洗漱包，装着一些洗漱用品，包括两管眼药水和一把剃须刀。

“他的东西？”

没有回应。

“法国鳄鱼恤。我也有两件。只有像我们这样的中年人才喜欢这种款式，端庄沉稳。你们就不一样了，紧跟潮流。”我往他身上瞟了一眼。

他穿一件黑色圆领T恤，胸前有醒目的骷髅文饰。

没有理睬。

“你有多高？差不多一米七五吧。他比你稍稍矮一点，一米七二，或许一米七三。不过，比你胖多了，弄不好有一百八十斤。”我在摆弄一条卡其色长裤。裤子的腰围和长度，很能说明问题。但真正吸引我的，是裤脚内侧。在那里，我发现了些许鞋油的印迹。

“经常穿咖啡色皮鞋。”我说。

棒球帽绣有“王子”的LOGO。我试着把它戴在头顶，感觉很宽松。

“这顶帽子不适合椭圆脸或者像我这样的长方脸。”我把它取下来，用手指估算了一下头围，“他的脑袋偏圆。”

洗漱包里有两管眼药水。扁扁的天蓝色塑料瓶，功效是清润明目。显然是经常使用，其中一管所剩无几了。

“五行中，眼属木，受制于肝。眼睛干涩，说明肝火郁结。这种人皮肤粗糙黯淡。”我扬了一下眉毛，

“长期熬夜，会影响肝脏的休息，特别是这个年纪。可没有办法，他习惯了昼伏夜出。”

他似乎有些不耐烦，索性合上眼皮，像是在打盹。不过，翘起的脚尖在微微摆动。

我看了看表，想着可以开工了。于是，拿起画板，开始漫不经心地勾勒一张脸的轮廓。

很安静，只有笔尖划过的刷刷声。

“圆脸，宽额头，浑圆的下巴——整张脸看上去，有些臃肿。”

余光看去，对面的脚尖停了一下。

“一双疲惫的眼睛——有些浮肿，有明显的眼袋。”

依然安静。脚尖又恢复了摆动。

这丝毫不会影响我的兴致。相反，我感觉渐入佳境。

“鼻子的形态，可以根据鼻根至鼻尖的距离来推断。”我用画笔简单测量了一下，“距离比较接近。这种距离，只能产生低矮、扁平的鼻梁。其次，是鼻头。这取决于面颊的宽度和饱满程度。他的鼻头肥大；鼻翼宽阔；鼻尖上挑，露出鼻孔。”

然后，是嘴。这是我最感兴趣的地方。

我认为，那把铁灰色的剃须刀能够提供答案。事实上，刚才我已经注意到：在它的背部，有一个用来调整胡须长度的按钮——被固定在5毫米的刻度上。

“他有胡须。至于胡须的形状，一定符合他的品位和格调。他肯定留着标准的唇上须。他的下巴上没有胡须，更不可能是络腮胡须。他是一个干练、力求整洁的人。”

经过精心修饰的胡须，让画像一下子生动起来了。

“嘴呢？我敢打赌，你根本想不起来。不信试试！”

这么说，不无道理。人对相貌的观察和记忆具有选择性——注意力往往集中指向某个突出的重点，而对其他部分视而不见。相对而言，胡须远比嘴巴更能吸引人的眼球。

还有，对记忆中缺失的部分要依据相貌的关联性去构建。五官受面部起伏形态的影响，比如：眼睛的外形是由眉骨以及眉鼻之间的距离决定的，而嘴的形状则取决于上下颌。只有这样，当它们组合在一起时，这张脸才会协调统一。

“上唇外翻，下唇较厚。”对嘴巴的刻画只是寥寥几笔。无疑，鼻子和下巴的形态为我的推断提供了依据。

我把画板移至稍远的距离，眯起双眼，审视自己的作品。这种时候，我总是很享受。

“还差那么一点。对了，是头发!”我说，“发型很重要，它能改变一张脸。”

翘起的脚的摆动，终于停了下来。对面的人先是欠了欠身体，随后微微睁开眼睛，朝我这边瞟了一眼。

可惜，他只能看到画板的背面。

我们的目光再次相遇。他很警惕，匆忙把视线移开。看得出，他很想知道画板上的内容。

“他没有头发。”我的声调很低沉，但很果断。听上去，更像是一种宣判，“他是个光头。”

当我翻转画板，向他展示我的作品时，他瞪大眼睛，愣在那里。

他的眼神，给了我答案。

这答案，正是我想要的。

他抿了一下嘴角，似乎想说点什么。我很期待，但他最终还是把想说的咽了回去。

“我怎么知道他是光头？如果没猜错的话，你想搞清楚这个问题。好吧——”说完，我把洗漱包轻轻推到他面前，“里面的东西很齐全，包括香水，唯独没有洗发水。”我笑了一下，“因为他根本用不着。”

他的表情变得复杂起来，有点不安，有点烦躁，最后定格为愠怒，像被人耍过一样。他往地上干淬了一口，之后狠狠地看着我，似乎在表明一种态度——一种奉陪到底的态度。

我也看着他，从面部轮廓到眉眼。突然间，我的脑子里冒出来一个念头。

“你知道吗，你现在的样子……让我想起一张脸。”我找到了一点感觉，“是一张若干年以后的脸，一张衰老的脸。”

“你有点脱发。洗头的时候，你可能已经觉察到了这一点。你的发际线越来越模糊，额角渐渐稀疏。这反映出一种趋势——逐步谢顶的趋势。我能想象你头顶的变化：头发的脱落从额角开始，然后往上蔓延，直到头顶和枕部。最后，变得浑圆光亮……”我朝他的脑门撇了一眼，“看来，是你的头发给了我启发。”

“现在你还年轻，皮肤光洁、富有弹性，五官结构紧凑、线条清晰。你的眼角和嘴角没有受到拉扯和挤压；颧骨和下颌单薄；脖颈看不到一点赘肉。不过，随着时间推移，它们会悄悄地发生改变。这个过程很缓慢，但从未停止，有些变化甚至无法觉察。

“随着皮下脂肪增厚、面部松弛，你的脸型会由方变圆，上眼皮变得浮肿，下眼睑形成眼袋，眼角也会耷拉下来……”说到这儿，我把椅子挪近了一步，再次朝他举起画板，“等你到了这个年纪，你跟他——简直一模一样！

“你的同伙，就是你的父亲！”我终于可以歇口气了。

他颓然坐在那里，一动也不动。

“现在我才明白，为什么你死不开口。你想保护他——你的父亲——完全出于一种本能。”我放下画板，“尽管你什么都没说，我还是要对你说声‘谢谢’。”

他的眼眶变得湿润起来。之后，弯下腰去，一张脸深深地埋进了自己的双手里。

绿皮车

我跟老麦登上列车时，离发车时间只剩五分钟了。

十一车厢六号、七号是个双人座。老麦一屁股坐到窗户跟前，我紧挨着坐在他旁边。

对面的座位空着。正在纳闷，走过来一个背双肩包、戴鸭舌帽的人，长着满脸的大胡子。

“见鬼！刚上二环，就堵上了。早知道，就该坐地铁了。”大胡子一边嘀咕，一边卸下双肩包。

我这才发现，他手里拎着一只铝合金箱子。

他把双肩包和铝合金箱子放到头顶的行李架上，用手摸了摸，确认是否稳妥，这才安心坐了下来。

“听说这趟车马上就要停运了。”大胡子朝老麦点头，算是打了招呼。“要改成动车。”

“是的，绿皮车要逐步淘汰。”老麦说，“这是大势所趋。”

“你俩也是去江城的?”大胡子问。

“就剩最后一站，都是去江城的。”老麦笑着回答。

“这位是您公子?”大胡子撇了一眼我身上的校服，“上几年级?”

“噢，是侄子。上五年级。”老麦支吾道，“我是他伯伯，带他去他爸那儿。他爸在江城打工。”

大胡子漫不经心地点了点头。接着，打了一个很大的哈欠。“我先眯会儿，昨晚没睡好。”大胡子拉下帽檐，歪在靠背上，转眼就拖起鼾来。

列车缓缓开动了。看着站台被一步步甩在身后，我眼前浮现出刚才的一幕。

那是十分钟前，我跟老麦在火车站地下商城。在拉着横幅——鄂尔多斯羊绒衫展销——的展台前，老麦跟手持话筒大声吆喝的老板撞了个满怀。眨眼工夫，他就把老板的腰包变戏法似的塞到了我手中。我把腰

包揣进校服里，正准备开溜，忽然听到有人大喊："抓小偷！"

回头一看，老板和两个保安朝我径直追赶过来。

"抓住那个小孩！"老板边跑边喊，"穿校服的那个！穿校服的！"

我撒腿便跑。拐过一道弯，眼看一个保安要追上来了，我扔掉腰包，一头钻进通往上层的人行通道。

广场上，人头攒动。我在人群里左右穿梭，直到眼前出现"第二寄存处"的蓝色标识。

有人拍了拍我的肩膀，是老麦。

"走，去进站口。"老麦说，"我们去江城。"

"去江城干吗？"我问。

"他们肯定报了警，我们一时半会儿出不了广场；不如上车，火车上反倒更安全。"老麦扬了扬手里的车票，"刚才捡了两张票。"

他习惯把"偷"说成"捡"。

大胡子鼾声如雷，看来他昨晚真的没睡好。

再看老麦，正眯着眼睛打盹。

老麦精瘦精瘦，光秃秃的脑门上耷拉着稀疏的几根头发，鼻梁上歪歪斜斜地架着一副近视眼镜——一条折断的镜腿上还缠着膏药。他看上去比我爸要大，但比我爷爷又年轻很多。

他刚才又在骗人，他不是我伯父。

一个月前的一个晚上，我在一家黑网吧遇到的老麦。当时，我趴在电脑前睡着了。

“看你一天都没吃东西，饿了吧？”有人推了推我的肩膀。

那会儿，我正靠睡意打发饥饿，迷迷糊糊地觉得很烦；睁眼看见一个戴眼镜的秃头，一点都不想搭理。

“对面有个卖藕汤的摊子，味道可好了。把上面那层油皮吹开，那才叫一个香！”戴眼镜的人咂巴着嘴。

就在那个宵夜摊子上，我一口气吞下三十串羊肉串和一大碗排骨藕汤。

“逃学了？”戴眼镜的人问。

我点了点头。

“怎么不回家？”他问。

“跟小姨闹掰了。”我说，“我拿她的口红画了一幅画。”

“你跟小姨住一起？”他问。

“是的。”我说，“我爸妈在外地打工。”

“你应该回小姨那儿。”他说，“她肯定在到处找你。”

“我不回去！”我说。

“要不，到我那里先待几天。”他说，“我家里多的是电脑。对了，你叫什么？”

“我叫唐一多，大家都叫我‘多多’。”我问，“你呢？”

“我姓麦。”他抹了抹油光的脑门，“叫我‘老麦’就行。”

打那以后，我跟老麦整天待在一起。他住在一栋楼的楼顶，是个到处透风的木板棚。他说的没错，他家里有好几台笔记本电脑。

白天，他经常带我出去晃悠。我们最爱去的地方是展销会，什么品牌服装打折呀，什么皮衣皮鞋大甩卖呀，什么化妆品买一送一呀。这种地方热闹，关键是人多。

“别管顾客——现在都很少带现金。特别是年轻人，压根儿就不带钱——盯着老板。你看，老板包里全是现金。”老麦叮嘱我，“你跟在我后面。到手之后，我递给你。你调头往回走。注意：不要回头！更不要跑！直接去老地方，我们在那里碰头。记住：我们是搭档，要懂得配合。”

这些天，我跟老麦一直配合得很好。唯独今天出了问题。

问题出在哪儿？我左想右想，还是没想明白。

老麦用胳膊肘撞了我一下，我回过神来。

他朝头顶的行李架使了一个眼色。

我朝上面看了看，没明白他的意思。

“走，咱们去餐车！”老麦故意放开嗓子，“看看有什么好吃的！”

穿过一节车厢，老麦把我拉进一旁的吸烟区。

“看到那只铝合金箱子没？”老麦压低声音，“里头肯定有瓤子。我刚才一直在观察，大胡子对箱子特别在意。”他接着说，“不能直接拎走，目标太大，会丢丑。只能掏瓤子。待会儿，我瞅准机会下手；到手后，你把东西送到九车厢，塞到茶水柜下面。”

我跟老麦回到座位。大胡子还在掩鼾。

前面有很多隧道。列车在隧道中钻进钻出，车厢里忽明忽暗。

老麦闭目养神。我知道，他在寻找下手的机会。

忽然，听到“哎呀”一声。扭头看去，是个穿格子风衣的女人，长着一对丹凤眼。她捧着一碗热气腾腾的方便面，迎面撞上一个穿花毛衣的高个子。丹凤眼连说“对不起”，又掏出纸巾擦了擦对方身上的面汤。高个子也没责怪，丢下一句“走路看着点”就离开了。

这一幕，全被我看在眼里。但总觉得有点不对头。抬头看看行李架，不觉大吃一惊：上面只剩双肩包，那只铝合金箱子竟然失去了踪影！

正准备叫醒大胡子，老麦伸手拦了。他朝车厢前方努了努嘴。

我俩来到车厢连接通道。

“刚才那一男一女是一伙的。”老麦低声说，“男的左手拎着一件夹克衫，刚才假装扶了一把行李架；用夹克衫挡住视线，然后顺手牵羊。我知道你没看清楚。”

“要不要告诉大胡子？”

“傻吧，你?!”老麦推了推眼镜，“贼喊捉贼的事太多了，他肯定会以为是我们干的。再说，如果我们告诉他，他肯定会报警。如果报警，我们捞不到任何好处。没事儿，跟我走！等一下你就明白了。”

他带着我往车头方向走去。我们走得很快，把卖盒饭的推车、兜售快速充电宝的推销员和座位上或说或笑或闷头不语的乘客一一甩在身后。

在八号车厢，老麦收了脚步。我从他身后探头张望，看见高个子叉着膀子站在连接通道上。跟刚才不一样的是，他的花毛衣外面多了一件夹克衫。

老麦稍稍停了一下，之后朝前面大踏步走去。我有点害怕，跟在他屁股后面大气不敢出。

到了高个子跟前，老麦停下来。“有人捡了别人的东西。”老麦说。

“跟你有什么关系？”高个子说。

“跟我没关系。”老麦说，“不过，跟你有关系。”

“谁说跟我有关系。”高个子说。

“如果报警，就跟你有关系了。”老麦说。

“你想怎样？”高个子问。

“江湖规矩：见者一半！”老麦说。

话音未落，高个子一把掐住老麦的脖子，将他死死地顶在墙板上。老麦双脚离地，在半空中瞎扑腾。

眼瞅着不对，我朝高个子狠狠踹了一脚。他一点反应都没有。回头看见一个老爷爷端着保温杯走过来，我抓起保温杯朝高个子劈头盖脸地泼过去。

高个子“啊哟”地叫了一声。趁他松手，老麦拉着我拼命往前跑。

经过五号车厢的时候，我拽了老麦一下。

“那个女的就在这节车厢。”我冲老麦耳语，“我闻到她的味道了，她身上有香水味。”

“注意箱子。”老麦捋了一下耷拉下来的头发，“箱子肯定在她手上。”

我们分头打探。

我像狗一样嗅来嗅去。很快，我看到一个戴遮阳帽的女人。她斜靠在椅背上，把帽檐压得很低，几乎看不到她的脸。我一眼认出了她身上的风衣。

我朝行李架上瞅瞅，没看到箱子。再朝她身旁瞅瞅，也没有。随即趴到地上——好家伙，箱子正稳稳地躺在座位下面。

没等伸手，丹凤眼就将我按在地上。我扭动身体，像泥鳅一样钻到座位下面。

我抱着箱子，在一排排座椅下面钻来钻去。丹凤眼在走道和座椅之间来回追赶，但总是迟了一步。瞅个空挡，我抱着箱子钻出来。正准备开溜，却跟对面来的人撞了个满怀。抬头一看，原来是高个子。

高个子一只手夺过箱子，另一只手把我提溜着扔进吸烟区。丹凤眼紧跟过来。再看后面，老麦也来了。

“都是同道，咱们互不为难。”老麦抱拳，“还是那句老话——见者一半。”

高个子没有理会他，左手托住箱子，右手打开箱盖。

我跟老麦伸长脖子看过去，箱子里面放着一个空荡荡的玻璃密封罐。细看之下，罐子里面有个绿色东西在扑闪扑闪的。

“一只蛾子？”老麦有点不相信自己的眼睛。

“对呀！”高个子说，“就一只蛾子，怎么分你们一半？”

我跟老麦垂头丧气地往回走。走着，走着，他突然停了下来。

“不对。”他扶了扶眼镜，“肯定有问题！”

他急匆匆地往回走。回到十一车厢，大胡子还在睡觉。

“你的箱子被人拎走了。”老麦拍了拍大胡子。

大胡子像触电般的站起来，看看行李架，露出惊慌的表情。

“谁拿的？”大胡子舌头直打哆嗦，“人呢？”

“溜了。”老麦说，“别担心！火车没停站，肯定在车上。”

“不行，得找回来。”大胡子戴好鸭舌帽。

“要不，”老麦试探说，“找乘警？”

“嘘！”大胡子掩住半边嘴，“大哥，咱们借一步说话。”

两人径直走向吸烟区，我悄悄地跟在后面。

“箱子里面是只蝴蝶——金斑喙凤蝶，是国家一级保护动物，非常稀少的品种。”大胡子说，“不能报警！东西没收不算，还得蹲班房。”

“这玩意儿也值钱？”老麦的脑门泛着油光。

“实不相瞒，买这只蝴蝶花了我三十八万。”大胡子说，“这是一个老乡卖给我的。你知道吗，黑市卖到八十万至一百万了。”

“这么值钱？”老麦的眼珠子滴溜转了三圈。我知道，他正在盘算。

“大哥，看见是谁干的了？”大胡子很着急。

“刚才火车进了隧道，黑乎乎的没看清楚。”老麦说。

“不偷双肩包，偏偏偷箱子！难道小偷知道里面装的是什么东西？不对呀，除了我和老乡，谁也不知道呀。”大胡子摸了摸乱糟糟的胡子，“怪不得总感觉有人在跟着我！是不是被人盯上了？”

“火车票是谁帮你买的？”

“老乡呀。”大胡子说，“卖蝴蝶的老乡。”

“这位老乡对你真好！”老麦皮笑肉不笑地说，“他安排得可真周到呀！”

“你说得对呀，”大胡子拍了一下脑门，“我怎么没想到这一点？”

“弄明白了也好。”老麦问，“只是眼下……要不，我们帮你找找？”

“那太谢谢了。”大胡子握住老麦的手，“我手上只剩一万块钱。大哥如果找到箱子，这一万就当作酬劳。”

“一言为定！”老麦说。

“一言为定。”大胡子说。

我跟老麦往车头方向走去。走道两边，能看到各种各样的人——有穿西装打领带的；有胳膊上满是文身的；还有留着怪模怪样的发型的；有又哭又闹的小宝宝；有咳嗽个不停的老爷爷；还有对着镜子描眉毛的大姐姐。同时，能闻到各种各样的味道——有苹果、香蕉的味道；有方便面、卤鸭脖子的味道；还有从每个人身上散发出来的烟味、酒味和说不出来的怪味儿。

“没想到一只蛾子竟然这么值钱……”老麦一边走，一边念叨。

“不是蛾子，是蝴蝶。”我纠正说。

“蛾子就是蝴蝶，蝴蝶就是蛾子。”老麦说。

“才不呢，蛾子是蛾子，蝴蝶是蝴蝶——蝴蝶比蛾子漂亮。”我说。

“妈的，门口的生意被别人抢了。”老麦气愤地说，“没那么便宜。”

看样子，老麦想找高个子和丹凤眼算账。

“待会儿你跟在我后面。”老麦回头说，“箱子到手之后，我递给你。你用校服包好，调头往回走。不要回头！更不要跑！直接走到九车厢茶水间！打开箱子，把里头的玻璃罐子拿出来，塞到茶水柜下面。”

“然后呢？”

“然后，拎着箱子回到十一车厢。”老麦说，“把箱子交给大胡子，就完事儿了。注意，什么都不要说。”

“把空箱子交给他？”我问。

“你真准备把蛾子给他？”老麦说，“这只蛾子远远不止一万。为什么不把它捡回去，在网上卖个好价钱？”

不知道为什么，越往前走，我越觉得心里没底。

“我肚子不舒服。”我停下来。

听我这么说，老麦也停下来。

“多多，你不是肚子不舒服，”老麦捏了捏我的脸蛋，“你是害怕。”

老麦说得没错。想起他被高个子顶在墙板上没命地瞎扑腾，我的确有些害怕。

“不用硬来，咱们靠智取。”老麦拍了拍我的肩膀，“让他们乖乖地交出箱子。”

我们继续往前走，一直走到一号车厢。

两名乘务员正在查票，身后还跟着一名乘警。

“请大家把车票拿出来！”乘务员吆喝着，“没买票的现在可以补票。”

老麦好像发现了什么。顺着他的视线看过去，高个子和丹凤眼坐在最后一排座位上。

老麦带着我，径直朝他们走过去。

从乘务员身边经过时，老麦被乘务员叫住了。

“车票呢？”乘务员问。

老麦从怀里掏出车票。

“十一车厢的跑这里来干吗？”乘务员看了看车票。

“找朋友。”老麦指了指高个子和丹凤眼，“聊个家常。”

我们朝高个子和丹凤眼走去，在他们对面坐了下来。

四个人你看我，我看你，半天没人吭声。

“那就直说吧！”老麦终于开口，“现在，你们有两种选择：第一种，是把箱子交给乘警。”

我朝不远处看去，乘警正在查看一名乘客的车票。

“这只蛾子是国家一级保护动物。”老麦继续说，

“如果我现在告诉乘警，结果是可想而知的。谁都知道，运输和贩卖国家保护动物是犯罪行为。”

高个子纹丝不动，倒是丹凤眼嘴角抽动了一下。

“何况这箱子是偷来的，里面的东西价值三十八万。”老麦说，“就盗窃罪的量刑标准而言，算得上数额特别巨大。如果没有记错的话，可以判处十年以上有期徒刑甚至无期徒刑。”

高个子冷冷地看着老麦。

“我说的这些都有真凭实据的，所有的证据全在这趟车上，包括被害人——那个大胡子。”老麦转而说，“当然，这是第一种选择。”

高个子朝老麦警惕地看过来。

“第二种选择是，你把箱子交给我，我再物归原主。”老麦说，“我知道你们不想这样，等于白费了一场工夫。可是，人在江湖走，哪有不失手。偶尔踩空了也是正常的；没事儿，还有下次和下下次。只要没进班房，有的是机会。”

高个子干咽了一下。

“二位对箱子里的东西其实没什么兴趣，只是受人之托罢了，挣点辛劳费。”老麦说，“我也一样，也是受人之托。我把箱子交给大胡子，他付我一万酬劳。这点小钱，二位是看不上眼的。”说完，老麦探下身子，把手缓缓伸向座位下面。

丹凤眼一把捉住他的手腕。

“妹子，悠着点!”老麦痞着脸说，“别让乘警看见了，还以为我在调戏妇女呢。”

高个子和丹凤眼强忍怒火，眼睁睁看着老麦把手伸向座位下面。随后，他将箱子搁在面前的小桌板上，打开来瞟了一眼，又很快合上了。

“多多!”老麦把箱子递给我，“你跑个腿，把箱子还给大胡子。对了，用衣服包好，免得打眼。”

我脱下校服，把箱子包好。然后，头也不回地走了。

转眼来到九号车厢，眼瞅着左右没人，我从箱子里取出玻璃罐，悄悄地塞到茶水柜下面。随后，我穿上校服，拎着箱子回到十一车厢。

大胡子见到箱子，两眼放光；等打开箱子，顿时傻了眼。

“怎么是空的?”他瞪大眼睛，“里面的东西呢?”

他扭头看向我，我连忙摇头。

“快说！”他抓住我的衣领，问道，“到底是怎么回事儿？”

话音未落，我看见老麦回来了。

“别把孩子吓着了。”老麦说，“他只是跑个腿，什么都不知道。”

“能说说这是怎么回事吗？”大胡子气呼呼地问。

“我在一扇通道门后面发现了小偷，他把箱子藏在一个竹背篓里面。我要他交出箱子，他不肯。”老麦一边说，一边拿手比划，“我们开始抢箱子，你抢过去我抢过来。没想到把盖子弄开了，玻璃罐子一下子掉在地上。乖乖，摔了个粉碎！”

“里面的蝴蝶呢？”

“蛾子在我眼前飞呀飞，我跟在它后面追。它忽然飞进厕所……等我走进厕所，什么都没看到了。”老麦吞了一口唾沫，“厕所的窗户开着，风呼呼的。”

大胡子一屁股瘫坐在座位上，脸上像蒙着一层灰。

“你也别着急！我再三追问，小偷承认是受雇于人。不是别人，就是卖蛾子给你的老乡。”老麦说，“俗话说，‘冤有头，债有主’。这都是你那个老乡使的坏，回头可以找他算账。放心，这是明面上的事情，他想赖也赖不了。”

“我问你，那个小偷长什么样？”大胡子问。

“怎么……你想去找他？”老麦皱起眉毛。

“是的。”大胡子说，“我想搞清楚，到底是怎么回事。”

“这我就不能帮你了。”老麦叹了一口气。

“你这是什么意思？”大胡子有点不解。

“我拿了别人的钱，反过头来再告发别人？”老麦说，“这么做，不地道吧？”

“你拿了谁的钱？”大胡子问，“小偷的？”

“准确地说，是我索要的。”老麦做了一个数钞票的动作，“虽然蛾子飞了，但箱子还在。只要报警，这盗窃的罪名还是推脱不了的。”

“他给你多少？”大胡子问。

“一万。”老麦竖起食指，“你的一万是泡汤了，我只能重新找个下家。”

大胡子捋了捋胡须，好像有什么心事。

“大哥，有句话不知道当问不当问？”大胡子看向老麦。

“但说无妨。”老麦说。

“你说你找到小偷，两个人打了一架；你说蝴蝶飞进厕所，然后从窗户飞走了；你说你亲眼看见箱子里面有个玻璃罐子，罐子里面有只蛾子，为什么我看到的单单只有这个空箱子？”大胡子眯了眼睛看向老麦，“还有，我让你带我去找那个小偷，你却死活不愿意。你说的全是一面之词，没有任何人可以证明……”

“你怀疑箱子是我偷的，一切都是我编造的？”老麦说，“我只问你一个问题：如果我是小偷，怎么知道你的箱子里装着蛾子，而且是只很值钱的蛾子？就像你说的，知道这个秘密的除了你，只有卖蛾子给你的那位老乡。难道我有火眼金睛不成？”

大胡子没有回答，似乎想起了什么。

“我想起来了。”大胡子站起身来，“下公交之后，有两个人一直跟着我，好像是一男一女……我去找找看。”

大胡子背上双肩包，拎起箱子，转身离开了。

这时，广播响起：“各位旅客，列车即将抵达本次列车的终点站——江城站。请大家带好自己的行李物品，到车厢两端等候下车！”

往车厢看去，有人开始收拾行李了。再看窗外，天色已经暗淡下来。

“什么时候拿玻璃罐子？”我问老麦。

“别着急！等人都走了，再拿。”老麦若无其事地看了看周围，“我们最后下车。”

我跟老麦并排坐下，看着大家朝车厢两端走去。

“多多，这一票干完了，我们就收手。”老麦把眼镜取下来，拿衣角擦了擦镜片，“你回小姨那儿。这么多天不回去，她肯定着急了。”

“你不要我做搭档了？”我看了看他。

“不是的。”老麦戴上眼镜，“你是个学生，不能总这么逃学。”

我吸了吸鼻子。

“记住，以后不准逃学。”老麦看着窗外，“要好好读书。只有好好读书，才能上大学，才能找份好工作。不能像我这样。我就是不好好读书，才活成现在这个样子的。”

可能觉得有点硌人，他再一次取下眼镜，捏了捏绑在镜腿上的膏药。

“知道吗，在你这个年纪，我的成绩可是全班第一。”老麦说，“你信不信？”

我摇了摇头。老麦最喜欢骗人，经常把我骗得一愣一愣的。

“我知道你不信，有时候连我也不信。”老麦重新戴上眼镜，“上初二那年，有天下大雨。那天的雨真大，隔着教室的窗玻璃看，像泼一样。我妈披上雨衣，给我送伞。走到邮局拐角，从右边路口突然开过来一辆大东风……我妈死的时候，手里还紧紧捏着雨伞。”他停顿了一下，“打那以后，我就没心思读书了。”

“你爸爸呢？”我问。

“我爸以前特别开朗，大嗓门，喜欢开玩笑。我妈死后，他完全变了一个人，整天不说话，只知道喝酒，喝多了就耍酒疯。你看——”他撩起后脑勺上的头发，“看见这道疤了吗，我爸拿酒瓶子砸的。”

我觉得老麦很可怜。

“我开始逃学，后来离家出走；再后来……呵呵，就成了现在的样子。”他苦笑了一下，“这世上没有后悔药呀！有的话，我肯定会好好读书，肯定会……”

我看了看老麦，他眼里空荡荡的。

等车厢两端渐渐空旷，老麦带我来到九号车厢。

我从茶水柜下面取出玻璃罐子。没等揣进怀里，就听到老麦喊了一声：“快跑！”

扭头看去，高个子、丹凤眼和大胡子从八号车厢杀气腾腾地冲过来了。

我抱着玻璃罐子，拔腿就跑。没跑几步，突然脚下一滑，整个人飞了出去。

玻璃罐子在空中翻滚，之后重重地摔在地上，“啪”的一声，四分五裂了。随后，一只深绿色的蝴蝶轻轻抖动翅膀，从我眼前缓缓飞过。起初有些摇摇晃晃，很快就欢快起来。它穿过行李架上的格栅，从一个个椅背和小桌板上掠过，时而蹿上天花板，时而钻去座位底下。

回头看去，老麦、大胡子、高个子和丹凤眼上蹿下跳，像四只无头苍蝇。时而一拥而上，你争我抢；时而东推西搡，互不相让。

我从地上爬起来，呆呆地站在一旁，看着他们像疯子一样又蹦又跳，又喊又叫。

蝴蝶上下翻飞，后面的人你追我赶。几次眼瞅着从某个人的指缝穿过，又晃晃悠悠地飞走了。最险的一次，是被丹凤眼拿遮阳帽罩在小桌板上。等她小心翼翼地揭开帽子，却发现桌板上什么都没有；再往帽子里头看时，蝴蝶“嗖”的一下蹿出来了，转眼就飞到天花板上。

也许嗅到了从外面飘进来的新鲜空气，也许玩腻了兜圈子，蝴蝶抖动翅膀，朝车门飞去。掠过最后一名乘客的背影，它消失在茫茫夜色中。

身后传来打斗声。回头看去，大胡子跟高个子死命扭打在一起——一会儿，大胡子把高个子死死地按在地上；一会儿，高个子把大胡子牢牢地压在下面。他们活像两头争夺食物的野兽，把车厢搅得乌烟瘴气。

稍远一点，老麦和丹凤眼也在相互掐架。老麦抓住丹凤眼的头发不放，丹凤眼揪住老麦的耳朵不丢手。老麦鼻梁上的眼镜已经歪斜得不像样子，眼看就要掉下来，可始终腾不出手来扶正它。

我想笑，又笑不出来。他们你死我活地打来斗去，就因为一只蝴蝶。是呀，都是蝴蝶惹的祸。

再往远处看，我暗叫不好——两个警察从八号车厢匆匆赶来了。

“警察来了，快跑！”我冲老麦大喊一声。

他好像没听见，仍旧把手指伸进丹凤眼的嘴角，想把她的嘴巴撕烂。

警察冲了进来，用警棍狠狠地砸向彼此纠缠不放的四个人。

我朝老麦看了一眼，他也看见我了。

“多多，快走！”他冲我喊了一声，“快下车！”

我转身跑向车门。

站台上的旅客正三三两两地走向出站口，我压着脑袋，混在人群中间。冷不丁被人揪住后脖颈，回头一看，是个戴红袖标的老警察。

“逮着了，在二号车厢门口。”老警察朝对讲机嚷了一句。

有个人很快跑了过来。细看，竟然是大胡子！

老警察把我交给大胡子。大胡子领着我拐了一个弯，来到一个没有人的地方。

他在我面前蹲下来。见我一脸懵圈，他忍不住笑了起来。接着，把脸上的大胡子慢慢扯下来。再看，是个白白净净的叔叔。

“多多，现在知道我是谁了吧？”他问。

我皱着眉头想了想，还是没想起来。

他掏出手机，按了一下屏幕。上面出现了一张照片：一男一女——两个人的合影。

他把照片递到我眼前。

“是小姨!”我认出了小姨。她紧紧地抱着旁边的那个人，笑得很开心。

“这个人呢?”他指了站在小姨身旁的人。

“是你……”我终于想起来了，我在小姨手机上见过这张照片。小姨说这个人是她的男朋友，是个警察。

“我叫江鸣。”他说，“小姨跟你提起过我吗?”

我点了点头。小姨经常说起这个名字，说他工作很忙又出差了，说他工作很危险经常跟歹徒搏斗，说他喜欢健身，羽毛球、乒乓球都打得挺好，还说准备跟他结婚。

“多多，你现在应该叫我姨父。”他说，“我跟你小姨已经拿了结婚证。等把这个案子办完了，我们就补办婚礼。”又问，“多多，你喜不喜欢小姨?”

我点了点头。

“既然喜欢，为什么要偷跑?”

“她结婚了，就不要我了。”

“她说的?”

“是她说的。”我哭着说，“开家长会回来，她亲口说的。”

“那是因为你期末考试没考好，她故意气你的。其实，她早跟我商量了，以后你跟我们一起生活。”他帮我抹了脸上的眼泪，“我已经拜托乘警叔叔送你回去。八点的动车，你小姨在火车站接你。知不知道，这阵子她都急死了。记住，以后再也不许逃学!”

我点了点头。

“多多，记得刚才那只蝴蝶吗?”他挤了一下眼睛，“假的，冒牌货!我给一只菜蝶化了一个妆。告诉你，我们正在侦破一起系列案件，除了贩卖珍稀动物，有人还借机实施盗窃、抢劫和诈骗犯罪。我们已经打掉了好几个团伙。你看，今天又抓了两个。”

他说的是高个子和丹凤眼。这时，我不由得想起了老麦。

“跟你在一起的是个老贼。”他问，“告诉我，他欺负你没?”

我摇了摇头。

“那就好。”他起身，牵着我的手，“走，我送你上车。”

我们回到站台。有列车从远处缓缓驶来，车头的灯光很刺眼。

回头，我看见了眼镜的反光。细看，原来是老麦！

他戴着手铐，一左一右是两个警察。他身后跟着高个子和丹凤眼，同样戴着手铐。

打身边经过的时候，我看了他一眼。他的镜片上有好多裂纹。

也许是看不清楚，他从我身边笔直地走了过去。

“多多上车！这位乘警叔叔送你回去。”江鸣把我交给一名乘警，“小姨在出站口等你。到了，叫她给我打个电话。”

在车厢坐定后，我扒住车窗往外看。除了戴红袖标的老警察，站台上已空无一人。

列车缓缓开动。我脑袋里突然冒出一个疑问：老麦刚才看到我没有？

也许没有。他的眼镜破成那个样子，什么也看不见。

但我转念一想，不对。如果什么都看不见，他怎么一个人大踏步走在最前头？

我想了半天，还是没想明白。

恍惚中，我看向窗外。站台上的灯火越来越远，越来越模糊。

顺风船

走下燕子矶码头的时候，我看了看头顶：天空涌动着奇形怪状的暗云，整个像一块灰不溜秋的抹布。

“不会下雨吧?”我问“苕货”。

此刻，他正大步流星地走在前面。“我还巴不得下雨呢。下雨船走得慢。”他并未停下脚步，直下到最后一级台阶。

我捂紧胸前的帆布挎包，里头的东西哐当作响。

跟在我后面的是“麻竿”。他抱着一箱酒，晃晃荡荡的像个醉鬼。是的，他根本就是个醉鬼，从早到晚都是这副德性。

满眼江水。其实，这个秋天没怎么下雨，江水少了很多气势。除了几只小划子，码头上看不到一个人影儿。

“能拦到船吗？”我用手背揩了揩汗，心里满是惆怅。

“放心！”苕货说着，往嘴里塞了一支烟，“这可是长江。”

才把烟点着，就听见麻竿嘶哑着嗓子喊：“来了……来了一条！”

我跟苕货朝两边瞅瞅，看见上游漂来一个白色的影子。是艘游轮。

“扯蛋！连东南西北都分不清楚！”苕货火了，“我们又不去上海！”

麻竿立马变成一副死相。

游轮由远及近，很快消失在下游。

天色昏沉，暗云压得更低了。

苕货练过两年举重，五短身材，一身蛮力。他沉着个脑袋来回踱步，每一步都吭哧作响，好像要把脚下的石板踩穿。

麻竿正相反，像一副骨头架子。还有，他的手老哆嗦个不停，也不去看医生，酒照喝不误。

我们三个是穿开裆裤长大的，这些年没少扯皮打架，但从不记仇，过后还是兄弟。这样也好。唯一的不好是，三个人都不太顺。苕货在长江跑了几年船，结婚后就不想干了。跑船是个苦差事，经常十天半月回不了家。后来买了一台旧挖掘机，活儿多的时候老想着换新的；好不容易贷款买了台新的，又接不到活儿了。麻竿什么都干过，什么都干不好。不用说，都是酒害的。我也好不到哪里去！干过几年水电工，腻了；想自己当老板，开了家小餐馆，垮了。后来，再开小染厂，订单不多，倒是三天两头收到环保局的罚单和整改通知。最要命的是责令搬迁——厂子越搬越远，从市区到郊区，再到村里头——前后光搬迁费，就花了十多万。不说这些了，说起来心烦。

我们伸长脖子往下游张望，像三只鹅。

下游冒出一个黑点，接着是第二个。

“两条！”麻竿又活过来了，“两条货船！”

这回，他没有看错。

苕货从口袋里掏出一条白手帕，轻轻拎在手里。

逆水而上的船走得艰难，半天才现出轮廓。临近矶头，航道又弯又窄，船行得更慢了。

等舷号露出来，苕货开始挥动手帕，打出了三纵一横一斜线的旗语。

前面的船越来越近，但没有停下来的意思。隔着薄暮，能看到驾驶舱。

我扯起喉咙喊：“停下来！停下来！”

里头的人只是朝这边张望，又加足马力开走了。后面那条同样没有反应，哪怕麻竿像猴子一样对着它上蹿下跳。

“这办法……到底行不行？”我问。

“跑船的都懂这个，多少年的老规矩了。”苕货收起手帕。

“现在的人，都不讲规矩！”麻竿喘着粗气，“只认得钱！”

天色暗下来了，江风多了几分寒意。我看了看表，指针有些模糊不清。

“看！”麻竿指了下游方向，说，“好像……又有戏了！”

的确是一条货船。天色近晚，船上的桅灯已经点亮。

茗货再次挥舞起他的手帕来。

很快，有细长的光束朝这边射过来，刺得人睁不开眼。随之而起的是汽笛的鸣叫声，两短一长……

我们顺着跳板，踏上船舷。在中舱门口，看到一个留有络腮胡的中年汉子。

“遇到啥子麻烦了吗？”络腮胡一口重庆话。

“船出了点问题，拖到铜陵了，估计得几天才能修好。我们等不了，想搭个顺风船早点赶回去。”茗货说，“看舷号……您是重庆的。”

“对头。”络腮胡问，“你们是哪个地方的吗？”

“荆州。”茗货又问，“您这船经过荆州吧？”

“必须的嘛。”络腮胡说。

收起跳板后，船继续前行。

中舱的四方桌上，摆着几碟小菜。

“吃了没得吗？”络腮胡问，“没有的话，都将就着吃一点嘛。都是跑船的，不要客气哟。”

络腮胡把我们往桌边扯。正客套的时候，一个年轻女人走了进来。她二十三四岁的样子，把一盘酱肘子搁在桌上就走了。

大家各坐一方。麻竿从箱子里摸出“白云边”，四人很快喝上了。

“你们是啥子船吗？”络腮胡问。

“货船。准备去南京，刚过安庆就出了毛病。”苕货说，“我们几个家里有事，急着赶回去。”转而问，“老哥，这船上有几个人？”

“都一家子。”络腮胡说，“刚才进来的是我幺妹，叫香香。还有我堂客……正在开船呢。”见苕货有些诧异，又笑着说，“我堂客可是拿了红本本的，开船比我行得多。”

说话间，香香端着碗出现在门口。坐在小马扎上，她一边吃饭，一边逗弄脚下的小花猫。这女人生得有红似白，五官也算周正，只是目光稍微有点呆滞。

苕货有意无意地朝门口偷瞄几眼；麻竿只顾着杯中之物。

我没有酒量，勉强喝下一盅就辞杯了，一边听他们神侃，一边拿眼睛四下打量。

中舱不过十平方米见方，左右两侧各有一门通往舷道。一侧有狭窄的楼梯，应该通往头顶的驾驶舱；另一侧是个条柜，摆放着开水瓶、收音机之类的杂物。

条柜旁边耷拉着一个多用插座，因为底座松脱，像钟摆一样晃来晃去。

我起身走到条柜跟前，从帆布挎包里拿出几件工具，开始整理那个插座。

“这位兄弟干啥子哟。不喝酒，可以吃点菜嘛。”络腮胡说，“些个小事就不必劳烦了。”

“没事，没事。我这兄弟是个电工。”苕货说，“就手的事随他去。来，来，来！兄弟我再敬老哥一杯！”

“不了，不了。不能喝麻了。”络腮胡起身，朝楼梯走去，“我得上去了，把堂客换下来。”

我把底座上的螺丝拧紧，扣上外壳，插座被端端正正地固定在墙板上。再看门口的香香，正冲着苕货似笑非笑。

苕货连忙收回眼睛。之后，瞪了麻竿两眼。“少灌点！”苕货压低声音说。

几声闷雷过后，外面刷刷地下起雨来。

一个女人从楼梯上走下来。四十岁上下，穿套粉色棉绸睡衣，身段不胖不瘦。

“没得啥子菜，委屈你们了哟。”中年女人漫不经心地在桌前坐下来。

我这才看见她手指上夹着一支烟。

“听我男人说，你们都是荆州的？”

“是的。”苕货说。

“那位兄弟在干啥？”中年女人朝我瞅过来，“饭菜不合口味？”

“哪里的话！”我说，“这个插座松了，已经弄好了。电路上的事情可马虎不得。”说着，我回到桌前。

“三位都是跑船的？”中年女人问。

“我俩是的。”苕货指了指他和我。之后，瞥向麻竿，“这位……是货主。”

“哎哟，一看就是大老板嘛。”中年女人一脸堆笑地看着麻竿，余光从麻竿的金链子上掠过。

“哪里，哪里……”麻竿给她满满斟上，“多谢您带我们一脚。不然，咱哥仨还在岸上淋雨呢。”

“白云边！”对方也不推辞，“这可是你们湖北的好酒哟。”

“来！”麻竿举杯说，“我们三个敬老板娘一杯！”

对方一饮而尽。

“莫索个叫老板娘嘛！”中年女人吐了吐烟圈，

“我叫小春，你们喊我‘春姐’都行了。”

有声音传来，是香香在傻笑。

“快点吃!”中年女人朝门口吼了一声，“吃好了去客舱准备准备!”回头又换作一副笑眯眯的表情。

“你们……肯定是条大船。”对方接着说。

“是的。”苕货岔开话题，“听您老公说，您是拿了适任证的。这可不简单呀!”

“哎呀，没得法子哟。”对方说，“现在的工钱贵，我们这种小船哪里请得起人嘛。只有各人来抵到噻。”

苕货给对方斟酒，对方拿手挡了。

“我就不奉陪了。哈儿还要跟我男人换手，先去眯哈儿。”对方起身说，“出门右拐是客舱。我这儿条件有限，几位只能将就倒哟。”

路过条柜时她朝插座看了一眼。“真是个细心人。”说完，径直上了楼梯。

我看了看舱外，雨越下越大，打得舱板噼啪作响。

在客舱门口，苕货跟香香撞了个正着。对方“啊”地叫了一声，傻笑着跑开了。

客舱不过六七平方米，相对安放着两个双层铺位，长宽正好容纳一人。

关上房门后，我在茗货对面躺下，麻竿悻悻地爬到上铺。

我把灯关了。能听到柴油机的轰鸣和雨打舷窗的声音。声音不大不小，正好盖过舱内的谈话。

“这破船有些年头了。”我敲了敲墙板。

“再破也值个二三十万。”茗货仰脸躺下，语气里透露着几分坚毅。

有人敲门。茗货起身，开门。

是香香，手里抱着一叠被套。她麻利地换了被套，又傻笑着走了。

“小心眼珠子掉出来。”我对茗货说。

香香换被套的时候，茗货一直盯着对方的胸脯。

“一对好奶子。”茗货露出一脸痞相，“只可惜是个傻子。”

“傻子跟茗货——挺般配的。”我调侃说。

“扯蛋。”茗货说，“我倒觉得，你跟春姐挺合适的。”

我没接话。

“没看见她也戴着跟你一样的玩意儿?”茗货说。

他说的没错。春姐手腕上的确戴着一串佛珠，从色泽上分辨应该是小叶紫檀。我下意识地摸了摸自己的手腕。我的佛珠形制跟春姐的无异，只是颜色稍浅，纹理中透着黄花梨特有的荧光。

上铺响起鼾声。我抬脚踹了踹铺板，鼾声中断了几秒。

“别管他。废物一个！”苕货看了看手表，“还早，先睡会儿！”

我伸手关灯。转头，苕货也拖起鼾来。船身摇晃，迷迷糊糊就睡着了。

不知什么时候，耳边传来吱吱呀呀的异响。起身发现舱门大开，外头的风雨一阵盖过一阵。

开灯一看，对面的床铺空荡荡的。往上瞅，麻竿还在打鼾。

我有点纳闷。然后，蹑手蹑脚地走出舱门，满眼是滂滂的雨幕。再看两边，几盏舷灯忽明忽暗，如同鬼火。

我一阵发怵，连忙合上舱门。

稍稍平复后，我来到床头，从挎包里摸出一把锤子，转身朝门外走去。

走道湿滑。接连经过几个舱室，没听到任何动静。穿过中舱，来到船的另一侧，隐约听到一种声音，细听——是女人的呻吟。我紧贴舱壁，缓缓靠近，直到最后一扇舱门。

的确是女人在呻吟。娇柔、急促，没有丝毫的痛苦。在听到几声傻笑后，我有些明白了。

有人从背后拍了拍肩膀，我猛然惊出一身冷汗。

舷灯下的面孔有些模糊，是春姐。

“你要啥子？”她朝我举起的右手努了努嘴。

我这才意识到手里的锤子，连忙将它藏到背后。

“莫要去打搅别个了。”她说，“走，陪春姐喝一杯去。”

我跟她来到中舱。桌上摆着一碟花生米和两只酒杯。

她从口袋里掏出一把小锉刀，漫不经心地锉着猩红色的手指甲。再一看，她嘴唇上抹着相同颜色的口红。

“把锤子拿出来吧。”她吹了吹指甲，“硌在腰里，安逸不？”

我迟疑着从腰后抽出锤子，将它轻轻地放在桌上。

她“扑哧”一声笑了。“深更半夜的，拿这个干啥？”她褪下手腕上的佛珠。

“只是防身。”我说。

“防身？”她轻轻拨弄佛珠，“防谁？”

我顿时语塞。屋里的空气陡然凝重起来。

“能借个火不？”她夹上一支烟。

我伸手，帮她点着。在收回的那一刻，她忽然抓住我的手腕，用一种琢磨不透的眼神看过来。

我连忙将手抽了回来。

“看把你吓的！”她瞥了我手腕上的佛珠，“哪里请的？”

“哦……九华山。”我回答说，“是我妈请的。她信这个。”

外面的雨瓢泼一般，船身摇晃得厉害。

“这个雨下得好大哟。”她往酒杯里斟了酒，“想听个故事不吗？”

我不置可否地看着她。

“也是这样的夜晚。风使劲儿地刮，雨也是使劲儿地下，江面上黑黢黢的。船老大不敢再开了，想找个码头暂时躲一哈儿。船上一哈有三个人，除了船老大，还有个跟他相依为命的妹儿，才十三岁。格外还请有一个‘棒棒’。

“‘棒棒’有个亲戚在旁边的镇子上住。靠岸后，他就去亲戚家了。船上只剩下父女俩。半夜里，有两个贼娃儿摸上了船。他们先把船老大打伤，又把父女俩绑了。然后，要船老大把所有的钱财都拿出来。船老大照他们的话做了。没想到，对方还是不肯罢休，当着船老大的面把他幺妹给……”

说到这儿，她的声音有些走调。

“也算老天有眼。两个贼娃子正在作恶的时候，那个‘棒棒’回来了。他到了镇上才晓得亲戚早都搬走了，只好原路返回。上岸的时候，他带了把斧头防身。现在，正好派上用场。他用斧头把两个贼娃子给砍死了。怕坐牢，都没有报警。找来两只锚，用铁丝绑在两具尸体上，沉到江里去了。船老大一来因为受伤，二来因为受了刺激，没过两天都死了……”说完，她端起酒杯一饮而尽。

这故事让我想起了什么。是的，听苕货说，每年航道疏浚都会捞出尸体——用铁丝跟锚绑在一起，少则一具，多则两到三具。长江航运公安局侦查了好多年，始终都没有破案。苕货讲这些的时候，我不太相信。他特能忽悠，我跟麻竿经常被他骗得一愣一愣的。

“不喝一杯？”她指了我的酒杯。

“不了。”我说，“我没什么酒量。”

“要不，哈儿我给你整碗面来。”她说，“绝对的重庆小面。”

“不用麻烦了。”我起身说，“时间不早了，我想去休息一下。”

我伸手拿锤子，被她挡了：“这玩意儿能防身……也能杀人！”

我愣了一下，转身离开了。

回到客舱，躺下来。我脑子里乱糟糟的，怎么也睡不着。

没多久，苕货也回来了，一句话不说就倒在床上。

“去香香那儿了？”我问。

苕货一骨碌坐了起来。“你跟踪我？”他问，“你想干吗？”

我也坐起来。两个人，死死地盯着对方。

有人敲门。

“谁?”苕货警惕地问。

“是我嘛，春姐。”外面的人回答，“刚才那个小哥饿了噻，跟他整了一碗面条的哟。”

苕货眼珠子滴溜溜转了两圈，似乎明白了什么。“去呀!”他不怀好意地笑了。

我来到中舱，没看到春姐。

一旁是厨房。房门虚掩，里面没开灯。

推门走进去，有人突然将我抱住。随即听到女人的喘息，急促而粗重。当触摸到人体最柔软的部位时，我情不自禁地搂紧了……

船有节奏地摇晃着。我跟对方随着船的节奏，撞击、翻滚，直到身旁响起一连串的破碎声。

春姐把灯打开，地上散落了一堆碎碗。

发动机停了。之后，有人推门。

“刚才是啥子声音吗?”来人站在门口，“有没得事哟?”

“没得啥子。”春姐朝身后瞥了一眼，回道，“手滑，打烂了几个碗。”

“忙完了，先睡哈儿。”来人压低声音，“转钟了，我喊你!”

来人离开后，发动机重新发出轰鸣。

等我从门后走出来，春姐又一把将我搂住。

“带我走吧!”她眼里噙着泪水，轻声恳求，“带我走，好吗?”

“去哪里?”

“哪里都行。”

我摇摇头，猛地将她推开，跌跌撞撞地走了。

回到客舱，苕货仍旧坐在床头。

他看了看我，突然笑了。之后，是哈哈大笑。

我用纸巾擦了擦脸。这才意识到，脸上有口红。

“我说了——你俩挺合适的。”他露出一丝奸笑，“这婆娘好像看上你了。”

我没答话。

“怎么，有心事?”他凑到我跟前，“说说，你跟她聊了些什么?”

我不想理他。

“没跟她说我们的事儿吧?”他突然沉下脸。

“没有。”我头也不抬地说。

“没有?”他一把抓住我的领口，“没有，你怂着干吗?我们从小长到大，你屁股一抬，我就知道你要拉什么屎。你跟那婆娘对上眼了，是不？”

“你跟我胡扯什么？！”我一把将他推开。

“呵，好家伙！”他摸了摸腮帮子，“眨眼工夫，就跟别人穿一条裤子了……”

“放你妈的屁！”我也火了。

话音未落，苕货就一拳打来。我弯腰闪躲，死死抱住他的腰。两个人紧紧扭打在一起，直到重重地摔倒在地板上。

突然，我停止了挣扎；苕货也松了手。

是的，我俩看得很清楚：床铺下面整整齐齐地摆放着三个黑乎乎的东西——三只锚！

我跟苕货瘫坐在地上。上铺，麻竿还在继续拖鼾。

“你讲的那些故事……是不是真的？”我问。

“我哪知道，都是听别人讲的。”苕货的脸色有些发白，“不多不少，正好三只！我想起来了，我们喝酒的时候，那婆娘叫香香去客舱‘准备准备’。看来是话中有话呀。兄弟，这船有问题！”

“咱可是头一回搭顺风船，”我不解地说，“不可能这么巧吧？”

发动机陡然停了下来，屋里只剩麻竿的鼾声。他倒好，没事人一样。

茗货从我床头拽过挎包，掏出两把锤子，其中一把塞给我。之后，他朝房门偏了偏脑袋。

外头的雨一点儿也不见小，风也在劲头上。

中舱亮着灯，里头空无一人。我跟在茗货屁股后面，缩头缩脑地爬上舷梯。

驾驶舱黑乎乎的。茗货把灯打开，没有一个人影。

“见鬼！人呢？”我的嗓子眼干得冒烟。

“嘘……”茗货做了个手势。

突然听到“咚”的一声。是水花声，沉闷得令人可怕。

我们循声返回中舱。接着，我发现客舱敞开着，里面透着光亮。

我有点纳闷：麻竿醒了？

进门发现，地板上有道长长的血痕，从床头一直延伸到舱外。往上看，麻竿的床铺空荡荡的。

我顿时有了不祥的预感。想起刚才的水花声，连忙俯下身子朝床下看去。这一看不打紧，随即倒抽了一口凉气！果真少了一只锚！

有影子朝船头方向一闪而过。我跟茗货扭头追了出去。

船头是黑森森的货舱，看不到一丝灯火。茗货丝毫没有停下来的意思，一头钻进茫茫雨幕中。

我紧随其后。可没走几步，便被绊倒在地。顺手一摸，原来是一堆缆绳。我往左右看了看，一边是黑咕隆咚的货舱，一边是滔滔长江，心里不禁大惊。

船头传来了打斗声。来不及多想，我就冲了过去。

船头甲板上，有两团扭动的黑影。仔细分辨，是两个人紧紧抱在一起，交替翻滚，互不相让。瞅着茗货被按在下面的当口，我举起锤子，朝上面的黑影狠狠地砸了下去。

络腮胡闷头栽倒。茗货使劲踹了一脚，对方滚落到货舱里去了。

“没事吧?”茗货看向船尾的光晕，“走,还有两个呢。”

我踉踉跄跄地跟在他后面，脑袋里一片空白。没错，我刚才杀了人——一个活生生的人！要知道，之前我连鸡都没有杀过。

快到中舱的时候，茗货示意分头行动：他往左，我往右。

舷道狭窄、湿滑，在舷灯下泛着幽光，像条蠕动着的巨蟒。我摸索着往前，直到最后一扇舱门。我想起来了，这是香香的房间。

门虚掩着，从里面微微透着粉红色的光。我握紧锤子，走了进去。

依稀看到床和被子，被子下面似乎有东西在蠕动。等凑近时，里头突然蹿出一只猫来，吓得我连连后退几步。没等站稳，身体就被一层薄纱状的东西团团裹住；接着，就是摔倒和挣扎。

忽然听到了傻笑声。与此同时，灯也亮了。细看，包裹着自己的是床该死的旧蚊帐。再看不远处，香香似笑非笑地朝我走来，手里握着一个明晃晃的东西。

“不要！香香，求你了！”我哆嗦着说，“我跟你无冤无仇，你可千万别杀我呀！”

只听见“咣”的一声，随后，香香像木桩一样扑倒在地。

在她身后，春姐紧握着一口平底锅。

我和春姐刚迈出舱门，迎面就撞上苕货。

“你怎么跟她在一起?”苕货厉声问道，“你们准备干吗?”

“她刚才救了我一命。”我说。

“你他妈是中邪了！死到临头，还在帮她说话!”苕货挥舞着锤子，吼道，“他们想要我们的命，你这个蠢货!”

“放她一马!”我挡在两人之间，“就当我求你。”

“滚!”苕货朝我猛踹一脚。

等我晕头晕脑地爬起来，两个人已不知去向。紧接着，听到一声惨叫。我循声朝尾楼走去，眼前的景象让我张大了嘴巴：春姐双手紧握一把鱼叉，叉头已深深扎进苕货的脖颈。

苕货趔趄了两下，最终还是站稳了。他死死地盯着对方，眼里似乎能喷出火来。随后，我看到让人惊恐的一幕：他忽地将鱼叉从自己脖子里拔了出来，调转了叉头，狠狠地刺向对方。

用尽全身力气之后，他颓然倒在地上。

我一步来到他跟前，将他紧紧地抱在怀里。他不停地喘气，嘴角泛起一团团血沫。

“苕货，你不能死！你不能死呀!”我哭喊着。

他的脑袋无力地垂向一边。

我号啕大哭起来。

“是命。命中注定如此。”一旁传来春姐的声音，“一切都是最好的安排。”

侧身看去，春姐坐在两米开外的甲板上。她背靠着栏杆，一只手攥着佛珠。

“种什么样的因，就得什么样的果。”她轻轻拨弄着佛珠，“谁也不能摆脱宿命。”

她的另一只手捂着肚子，鲜血正顺着指缝不断地流淌。

雨停了。透过云层，隐约能看到月亮。

“你们不是搭顺风船的。”她淡淡地说，“一上船，我都看出来了。要晓得这些年……像你们楞个样的人，我见得太多了。”

我默不作声。她说的对，我们不是搭顺风船的。

我们哥仨这几年，不太顺。是的，做什么赔什么。有一天，麻竿去赌场耍了一把，醉醺醺的竟然还赢了几千块。三个人脑袋一发热，做起了在赌场翻本的美梦。结果可想而知，几场下来把本钱输光不算，还拿了庄家二十万码钱。

“我们拿了赌场的码钱。”我看了看春姐，“还不上的话……你是知道的。”

“所以，就打起了歪主意？”春姐说。

“我们想搞条船，货船。”我淡淡地说，“茬货以前跑过船，说随便一条货船就值几十万。”

“杀人劫船！主意倒是不错。”春姐浅笑一声，“只可惜，打歪主意的恰好遇到了打歪主意的——天意！”

“你们为什么要干这个？”我想起了茬货说的那些案子，看来不是他瞎编的。

“说来话长。刚开始的时候，我们只对打歪主意的人下手。到了后来，我们也打起了歪主意哟。”她长叹一声，“这世上的事，有几多是说得清白的哟。”

云层中，隐约透着光线。

“你们把老头杀了？”她问。

我点了点头。

“我老哈死后，我就跟了他。他对我很好，正儿八经的。只是后来……他跟香香好上了。”

“香香……不是你女儿？”我问。

她摇了摇头。

“远房亲戚家的娃儿。小时候发高烧，把脑壳烧坏了。”她说，“莫看她一天傻乎乎地笑，其实……一点儿都不傻。”

云层散去，月亮露了出来。

“驾驶舱角落地有个保险柜。这些年谋财害命，老头攒了不少……钥匙都箍在他身上的，那可是他的命根子。”她苦笑了一下，“为了这把钥匙……我动了好多脑壳。”

“为什么要告诉我这个？”我问。

“第一眼看到你的时候，你在摆弄那个插座。万物皆有灵。你能善待一个毫不起眼的小物件，说明你尚存慈悲之心。”她看向夜空，“虽说误入歧途，可你良心未泯。”

抬头看去，天上竟然冒出了几颗星星。

“我应该收手。刚才收手，就好了。”她看了看苕货的尸体，“放下屠刀，立地成佛！差一点，就圆满了。是命。都是命中注定。”

有流星划过夜空。

“给我根烟，好吗？”她有气无力地说。

我掏出一支烟，伸手递到她嘴里。当我颤抖着将火凑过去的时候，她的脑袋忽然歪向一侧……

我坐在甲板上，静静地抽了一支烟。然后，起身朝货舱走去。很快，我看到了躺在舱底的尸体。

货舱约摸两米多深，舱壁略呈弧形。抓住舱沿，可以顺势滑下去。可是，下去之后怎么上来呢？

船上或许有梯子之类的东西。想到这儿，我转身朝船尾走去。

在尾楼，我抬头看了一眼，发现驾驶舱有一根突出的吊臂，顶端有绳索正好垂落在货舱。我拽了拽，绳子很结实。探身往下看去，绳子的另一端在舱底绾成一团。

我顺着绳子滑到舱底，如同掉进一个深不可测的坑洞，每一步都能踩出回音。

一番摸索之后，我从尸体上找到钥匙。当我抓住绳子准备往上攀爬的时候，头顶突然传来铰链转动的声音。

只是“嗖”的一声，没等反应过来，我的身体已经倒悬在空中。

脚踝疼痛难忍——上面有个绳套。我这才意识到：

那堆缩成一团的绳子其实暗藏机关。可转念一想：除了我，这船上哪还有一个活人？

铰链继续转动，我的身体不断往上提升。几分钟后，终于停了下来。

现在，我的身体已经超越货舱的舱口，倒垂的脑袋正好处于甲板的高度。我胡乱挥动双臂，想抓住甲板的某个边沿，但一切只是徒劳。

突然，多了一束刺眼的光亮。是桅灯。

等视觉恢复，发现甲板上有个人影。“谁？”我哆嗦着问。

没有回应。

“你是谁？”我追问。

随后，听到一声傻笑。

“是你……香香？”我惊恐万分。

她朝我步步逼近。

是的，是香香！披头散发，如同一具僵尸。

我拼命挣扎，出于求生的本能。

体力耗尽之后，我停了下来。

“香香，我没想要杀你。”我大口大口地喘气，“我是个好人。”

她没有任何反应。

“把我放下来!”我哀求道，“我不会伤害你的，我向你保证!”

她毫无反应。

“你要什么，我全都给你!”我语无伦次地说，“你要钱吗？我……我有很多钱。是的，很多钱!”

她又傻笑一声，音调听上去怪怪的。

我连忙掏出钥匙。“你看，这是保险柜的钥匙。”我说，“你知道的……在驾驶舱的地板下面。”

她停下脚步。

“我们把钱分了，”我说，“然后远走高飞!”

很快，我意识到这话不对。是的，也许她有自己的打算——独吞这笔钱。

“不!”我纠正说，“只要你把我放下来，所有的钱全部归你!”

这当然是权宜之计。她似乎有点犹豫，看来我得拿出点儿诚意。

我晃了晃手里的钥匙，朝她扔了过去。

这招果然奏效。

她缓缓蹲下来，将手伸向钥匙。

但下一秒，我就发觉不太对劲儿。

她捡起的不是钥匙，而是一把锤子。

我敢肯定，那是茗货的锤子。被鱼叉刺中的那一刻，他的锤子脱手而出。

此刻，香香已经来到跟前。

我脑海里一片激流涌荡。

最后一刻，我忽然想起春姐说过的那句话：一切都是最好的安排。

下次再见

酒会进行到一半，我顺着石阶，来到位于天台一角的凉亭。

这里是整个天台——不，应该说是整座大厦的制高点。眼前一派轻歌曼舞，谈笑风生。远处，城市的灯火灿若繁星。

本场酒会，是为庆祝一场题为“汉绣古韵”的巡展。这次展览历经全国多个城市，在江城收官，是因为汉绣源于这座被誉为“九省通衢”的历史名城。它也是这座城市引以为傲的文化名片之一。

展览的地点位于大厦的艺术展厅——大厦顶层。

换句话说，就在天台下面一层。

今晚的酒会，嘉宾如织：扎丸子头的汉绣传人，烟不离手的画院院长，胡须浓密的雕塑家，矮小干瘦的总领事，还有穿浅褐色连衣裙的领事夫人——可能因为身材过于修长和单薄，以至于我总想把她跟某种动物联系在一起。

我斜靠着廊柱独自啜饮，忽然听到身后有声音传来："你好像……更喜欢当一个旁观者。"

回头看去，是安雨。

"是你？"我恍然问道，"刚才……你不是在下面吗？"

是的，在喷泉旁边，她跟一个满脸油光的家伙谈得非常投机。那不过是几分钟前的事情。

"我才不想成为你观察的对象。"她轻抚波浪般的卷发，显得风情万种。

"纯属偶然，呵呵。"我朝她身上看去，"今晚……你真的很漂亮。"

她穿一件蓝色晚礼服，裙摆及地。

我们是在上海——巡展首发式上相识的。她是入行不久的艺术评论员，我是艺术刊物的专栏记者。作

为同行，自然会有很多共同的话题。

“我总觉得，”她说，“你在寻找什么。”

“你有没有这种感觉——”我看着眼前的浮光掠影，“当一个人身处繁华之中，内心反倒会感觉更加孤独。”

“大概是因为无趣。”她撅了一下嘴巴，“是呀，一帮所谓的艺术名流。你不觉得领事夫人长得活像一只鸵鸟，包括说话的声音？”

我刚呷了一口，差点儿喷出来。

“还有策展人，”她说，“我们应该叫他‘水獭先生’。我觉得这样更合适。”

她不仅率真，而且不乏幽默。

“时间过得真快。转眼，就要说再见了。”她感慨道。

是呀，时间过得真快。我想起在上海首发式上的偶遇，跟她一脸慎重地互换名片；在广州东塔九十四层，我们在玻璃游泳池里的胆战心惊；还有沈阳，携手逛世博园时被暴雨淋得像落汤鸡……她的笑容透着一股清澈，笑声同样清脆悦耳。我们还一同分享了她手上的《林中路》，就艺术本质进行了探讨。我们的观点不尽相同，但交谈甚欢。她是一个思维活跃且见解独到的女孩。就她的年纪而言，拥有这种品质实属难能可贵。令人奇妙的是，她经常带给我似曾相识的感觉。

“首发式上我就发现，你更喜欢从旁观者的角度去观察别人，像一名正在破解疑团的侦探，充满警觉，不放过任何疑点。”她朝我看来，“我查了一下，你不叫浩然，也不是什么专栏记者，而是——”

“好吧，今晚整个行程都结束了，犯不着再隐瞒了。”我也看向她，“我只是凯信保险文化事业部的一名调查员。要知道，这次巡展是由我们公司承保的。因为是大单业务，公司安排我全程把控。隐藏身份，纯属工作需要。这的确不太敞亮但绝非本意，希望你能谅解。”

“算了吧。这些天，我还一直把你当作前辈，想着如何去巴结呢。”她嘴角露出一丝失望，“怪不得你喜欢紧盯别人，原来如此。”

“也许是职业习惯吧。”我说，“不过，你的眼睛还是挺毒的，都被你看出来了。”

她缓步走向雕花围栏。侧面看去，她的身材婀娜曼妙。

“保险公司的调查员？”她转过身来，“这工作一定很有意思。能聊聊你的工作吗，权当这些天对一个素不相识的人进行坑蒙拐骗的补偿？”

我本想婉拒，但最终咽了回去。她的率真让我一时找不到借口。最重要的是，此次任务已告结束，再谈工作并无大碍。

“简要地说，我的工作就是堵住安防所有可能出现的漏洞，”我说，“做到万无一失。”

“拿这次巡展来说呢——”

“拿这次巡展来说，最重要的是确保展品在巡展过程中不发生损坏或者丢失。”我呷了一口，“安防措施和应急预案要做到无懈可击。”

她饶有兴趣地看着我。

“就展会来说，大家往往将关注点放在场馆。事实上，场馆是最令人放心的地方。眼下的安防技术几乎可以做到极致。避开安防设备实施盗窃的桥段只有电影里才能见到，在现实中绝无可能。”我摇了摇手指，“为什么场馆容易管控，因为它相对稳定和牢固。相比而言，那些动态环节就要薄弱得多。”

“比如——”

“比如交接。”我说，“拿此次巡展的首站——上海来说，从飞机落地到布展，一共经历了五次交接。展品从一个地方到另一个地方，每次转移都会产生一次交接，包括更换不同的运输工具，比如摆渡车、叉车、押运车，甚至手推车。问题的关键是，每次完成交接的人不尽相同。”

“我懂了。如果责任心不强或者别有用心，就难免出现纰漏。”

“你说得对。”我点了点头，“履行程序很关键。每次交接除了核对全套的签收文件，还要有电子授权。要知道，这套程序跟机场和押运公司的内部程序互不打搅，是保险公司附加的一套独立程序。”

“签收文件倒是很好理解。”她捋了捋头发，“你说的电子授权是怎么回事儿？”

“公司的每宗大单业务都会指定一名独立授权人。我就是这次巡展的授权人。也就是说，这次巡展的每一次交接都要经过我的授权。”我从口袋里掏出手机，“交接时，我会启动手机上的授权程序。仔细审核交接双方上传的签收文件和实时照片；确认无误后，再发送授权指令。这个程序是我设计的，目前在业内被普遍采用。”我不无得意地说，“这部手机还装有定位跟踪系统。是的，参加巡展的每件展品都装着芯片。打开跟踪系统，展品的去向一目了然。就像你所看到的，从上海首发到今天圆满收官，没有出现任何闪失。”

我摇了摇酒杯，将杯中酒一饮而尽。清风徐来，感觉非常惬意。

“需不需要再来一杯？”她问。

“不用了。今晚可喝了不少。”我放下酒杯，“十点钟，我发送了最后一次授权指令。呵呵，任务终于完成了，总算可以放松放松了。”

是的，这些天，我脑子里的弦一直紧绷着。

“想听听我的看法吗？”她俏皮地问。

“当然。”我说。

“就我看来，签收和授权只是安防程序的一部分，或者说某个环节。”她略带思索地说，“问题的关键正如你刚才所说，所有的交接是由不同的人来完成的。我认为，但凡由人来执行的程序，就难保不会出错。其原因在人，而不是程序本身。”

她对很多事情有自己独到的见解。这一点，我非常欣赏。

“我们做个推演，好吗？”她顽皮地眨了眨眼睛，“就在半个小时前，也就是晚上十点整，在约定的时间，四辆押运车驶入大厦的地下车库，等候在那里的安保人员逐一将展品装车。当然，文件签收和电子授权全部按正常程序进行。在履行一切手续之后，押运车驶离大厦，沿二环行驶，目的地是十六公里外的市博物馆——是这样吧？”

“完全正确。”我有些微醺，“有什么问题吗？”

“问题出现在最后——当然，这仅仅是假设。”她煞有其事地踱起步来，“四辆押运车驶离大厦，沿二环行驶两公里后突然拐入右边匝道；随即进入附近某个废弃的涵洞。十分钟后，一辆平头卡车从涵洞的另一出口驶出。不久，便消失在茫茫夜色中。”

“你的意思——”我皱了眉头，“四辆押运车在前往大厦的路上遭遇挟持，车上的押运员其实是盗窃团伙成员伪装的？”

“想在市区挟持押运车，动静实在是太大了。”她略加思索，“不过，有一种可能——四辆押运车是盗窃团伙精心准备的——是冒牌货！”

“那就会出现另一种可能：十点整，一共有八辆押运车同时驶入地下车库。”我又补充说，“想在某个必经之路上制造点乱子，从而阻碍真正的押运车准点到达——我说过，这只是电影里面的桥段。”

“可是，假如押运公司接到通知，要求将押运时间往后推迟一个小时，问题不就解决了吗？”她叉起胳膊，“这既不要签收文件，也不要电子授权，只需一个电话就能解决。你说呢？”

我不置可否地挠了挠下巴。

“文件签收，完全是例行公事。这个环节，交货方要查看接收方的委托文件。从押运公司搞到一份空白委托文件是件很容易的事情，只要依葫芦画瓢就行。”她扬了一下手指，“现在，只剩下电子授权了。这个环节其实对事不对人，你的注意力主要放在交接双方提供的一堆繁琐的资料上，发送授权指令只不过是履行一道规定的程序而已……”

她继续侃侃而谈，说了些什么我并没有听进去。我接连打了几个哈欠，感觉醉意稍起了。

“你对这种推演好像没什么兴趣。好吧，我们不聊这个了。”她看了一下手表，“快十一点了，我回房间打个电话。”

她拍了拍我的肩膀，之后缓步走下石阶。

酒会仍在继续。醉眼看去，眼前的光影多了几分虚幻。

我咀嚼着安雨的推演，忽然觉察出有点不对味儿。六年前的一幕若隐若现：八箱参加巡展的古琴在机场落地，等候在交接区的展方代表向机场方面出具了签收文件；完成签验和交付后，两辆押运车将展品悉数接走。令人意想不到的是，半小时后，又有两辆押运车驶进机场并出具了相同的文件……

我不禁打了一个寒战，之前的醉意荡然无存。

我脑海里浮现出一张脸——一个戴毛线套头帽的女孩，冲着机场的监控探头做了一个顽皮的鬼脸。当年，正是这个女孩假冒展方代表……

我下意识地掏出手机，打开跟踪系统的一刹那，被惊得目瞪口呆：频频闪烁的定位芯片没有出现在博物馆，而是停留在距离大厦不到两公里的地方。放大地图再看，是个垃圾中转站。

正准备切换界面，屏幕上弹出安雨的来电。

“打电话只是想谢谢你！如果没有刚才的一番交

谈，我还真不知道每件展品都装着芯片。我们费了半天工夫，才把它们一个一个撬下来；之后，统统扔进了垃圾桶。”电话那端响起熟悉的声音，“吃一堑，长一智。这几年，你对交接程序作了不少改进，包括那个看似重要其实毫无作用的电子授权。直到现在，我始终坚持自己的观点：但凡由人来执行的程序，终会出错。”

我一步趔趄，扶住廊柱才勉强站稳。

“首发式上我就发现，你好像在寻找某个人。如果没有猜错，现在你已经找到了。”她变换了口吻，“说真的，和你相处非常愉快。手机快没电了。下次再见！”

耳畔，只剩下一阵忙音。远望城市的灯火，跟天上的星星几乎融为一体，分不清哪是灯火，哪是星星……

正中眉心

这是一条被野草和荆棘完全遮掩的小路——刺苔的枝条肆意蔓延，白茅和云青草疯长——很难说有人走过。顺着连绵的山坡抬眼望去，龙王尖黛青色的山脊被笼罩在一团晨雾之中。

老薛走在最前面。他脚步沉稳，动作利索，似乎千百次从这条路上走过。

我紧随其后，沿着他的踩踏痕迹亦步亦趋。回头朝起伏的坡地看去，大超的身影在齐肩的草丛里时隐时现。

绕过一块巨石，一个黑黝黝的洞口赫然出现在眼前。直径两米左右，大致呈圆形。

“没错！就是这里，门口有棵歪脖子树。可能因为里头有个大水潭，本地人都叫它水潭洞。”老薛擦了擦额头上的汗，“‘2 · 11’就发生在这里。”

“你是说去年那起案子？”我抖了抖裤子上的露水。

“对。”老薛说，“去年2月11日，有几名驴友钻进来。有个女的跑到水潭打水，发现水里漂着一具尸体。后来，根据尸体上的文身找到尸源，是个绰号叫‘鲩鱼’的家伙，黑帮混混。据说他想反水，结果被做掉了。这案子一直没破，就这么挂着。”

山风掠过，四周沙沙作响。时值初秋，山坡沾染了深浅不一的黄色。

回头望去，大超深一脚、浅一脚地朝上面走来。

我们是个三人小组。

市局决定对贺茂黑社会团伙展开调查之后，由刑侦支队和江南分局刑侦大队组成联合专案组。我们三个被分到一个小组：我任组长，来自刑侦支队打击有组织犯罪大队；老薛和大超是组员，来自江南分局刑侦大队重案队。他俩是一对老搭档。

我们来水潭洞，是因为一条短信。

早上七点，老薛刚起床，就发现手机上冒出一条神秘的短信：薛警官，我有贺茂的犯罪证据，装在一个档案袋里，放在龙王尖水潭洞。

老薛随即约上我和大超，三个人驱车赶了过来。

我们静静地站了一会儿。之后，朝洞口走去。

里面如同一条幽深的隧道，四壁挂满长短不一的钟乳石。前方低洼，呈明显的下坡趋势。有风从黑暗处涌来，带着飕飕的凉意。

打开手机上的手电，我们朝洞穴深处走去。

“这一带属于喀斯特地貌，山都是空的，到处是溶洞。”老薛走在最前面。

“这洞有多深？”我问。

“不下五百米。”老薛说，“大超，你觉得呢？”

“没什么印象。就‘2·11’那天来过一次。”大超依旧走在最后，“那天，这里头可真臭，熏得人睁不开眼。”

“老薛，我在琢磨：发信息的人为什么会选择这里？”我思索着说。

“鬼晓得！”老薛一脚深、一脚浅地在前面带路。

往前，就渐渐开阔起来了。有水珠从头顶落下，发出清晰的水滴声。地面满是坑洼，我们小心地跨过积水。

“老薛干刑侦多少年了？”我换了一个话题。

“二十八年。当了五年兵，复原后就参警了，一直干刑侦。呵呵，论资历，我在咱们大队排第一。”老薛说，“好几次让我去机关，我都没答应。我喜欢干刑侦。”老薛一步跨过水洼。

我回头看了一眼，大超撇撇歪歪地跟在后面。这小子在我们三个里头最年轻，但总是一副松垮垮的样子，没一点精气神。

“快到了吧？”我问。

“没多远了。”老薛说，“你听！有回音！”

几分钟后，我们登上一处相对平坦的坡地。借着手电光看过去，两米开外陡然变得漆黑一片。很明显，前方是个断崖。

“跟我走！”老薛晃了一下手机道，“从这里可以下去。”

我们绕到坡地一侧，顺着一条狭窄而陡峭的小路往下走，直到双脚踏上松软的沙土。再看，一侧是陡峭的崖壁，一侧是泛着幽光的水潭。

“这周围都是怪模怪样的石头，档案袋很可能就放在这里。”老薛沉稳地说，“咱们沿着水潭走一圈，仔细搜查一遍。”

“要不，你往右，我跟大超往左!”我提议说，“这样，效率会更高一些。”

“也行。”老薛点了点头。

岸边的沙土忽高忽低，一旁耸立着嶙峋突兀的石柱和石笋。我跟大超一步一步，摸索着前进。

翻过一个墩子的时候，大超不小心跌倒在地。要不是我拽一把，他肯定掉水里。

“这老薛也真是，带我们来这么个鬼地方!”大超拍了拍身上的土，“鬼晓得那条破短信是不是真的。”

远远传来老薛的喊声：“嘿，你们过来一下！这边有情况!”

依稀看去，他站在水潭的对岸。

我和大超很快走了过去。

老薛站在岸边，旁边的水面上漂着一团白晃晃的东西——一具尸体!

尸体仰面朝上，随着水波微微晃动。

“是‘肥罗’。”我说。

“肥罗”原名罗展辉，是贺茂团伙的二号人物。在专案组展开集中抓捕的前夜突然失踪，从此杳无音信。

不过，事情似乎有了转机。前天一大早，老薛把我和大超叫到办公室，之后合上房门。

“肥罗露头了。”老薛一脸神秘地说，“昨晚，他给我打了一个电话，想自首。”

“好消息。”我说，“他怎么说？”

“他说，他手上有很多我们没有掌握的线索。他想戴罪立功，争取从轻处罚。”老薛说。

“还说了些什么？”大超问。

老薛摇了摇头：“我想把他稳住。”他接着说，“我跟他聊了一会儿，叫他放下包袱，还讲了一些戴罪立功的政策。”

“他的反应怎么样？”我问。

“有些摇摆不定。这可以理解。”老薛说，“我提出是否见个面，他拒绝了。他说他得考虑考虑；等考虑成熟了，再给我电话。”

“他为什么给你打电话?”大超点了一支烟。

“以前我办过他的案子，跟他打过交道；他对我还是比较信任的。”老薛回答说，“他在电话里也提到了这一点。”

“老薛，作为组长，我觉得这个情况应该跟上面报告一下。”我表明自己的观点。

“林队，我的想法是暂时不报告。”老薛表情肃然，“其一，这事儿八字没一撇。如果没有下文，上头认为我们是在闹眼子。其二，如果有下文，到时候各路人马一哄而上，立功受奖跟咱仨就没什么关系了。”

“老薛说的有道理。现在，讲武德的人太少了。”大超看了我一眼，“林队，我赞成老薛的意见。”

我不置可否地看了看他们两个人。

这是前天早上的事情。说实话，我满心指望老薛跟肥罗兜上几个回合，让肥罗要么投案自首，要么抓获归案。但现在看来，事情没那么简单。

“头上有枪伤。”我蹲下来观察，“一枪致命，正中眉心。”

“这他妈谁干的?”大超嘀咕道。

“谁干的，我也想搞清楚这个问题!”老薛说话的音调怪怪的。

等我抬头，眼前的一幕让人目瞪口呆：老薛一只手举着枪，枪口紧紧地顶着大超的后脑勺！

“老薛，你这是干吗？”我起身说，“别胡来！”

“我可没有胡来！”老薛冲我摆了摆脑袋，“过来搭把手，把他的枪卸了！”

“老薛，你唱的哪一曲？”大超一脸懵圈，“你他妈疯了，是不？！”

我也一样想。一切来得太突然，完全出乎意料。

“还愣着干吗！”老薛冲我吼起来。

我迟疑地走过去，从大超腋下取出手枪。

“老薛，你他妈吃错药了，是吗？”大超压着怒火，“老子跟你没完！”

看见老薛拉动枪栓，我不由后退一步。

“今天怎么回事，你可要讲清楚！”大超的脸因为愤怒而扭曲，“老子死也要死个明白！”

“好吧，那我成全你！”老薛面露凶相，“我问你：肥罗脑袋上那一枪，你怎么解释？”

“他脑袋上的那一枪关我屁事？！” 大超好像悟出

点什么了，“怎么，你怀疑是我杀了他？”

“大超，我跟你这么多年的搭档，你哪长哪短我还不清楚？”老薛说，“你大超搞案子不行，枪法可是出了名的。手枪速射是你的拿手菜！每次都是一枪命中，眉心开花！”

“你就凭这个怀疑我？”大超紧着说，“你脑子有病吧！？”

“还记得‘2·11’吧？”老薛接着说，“鲩鱼也是眉心开花。当初我就怀疑是你干的，只是一直找不到证据。呵呵，上次让你溜了，这次你可逃不了。”

“你不要血口喷人！”大超嘶哑着嗓子说，“你……你得拿出证据！”

“证据？”老薛将手电照向地面，“那个白色的烟头是谁的？刚才我仔细看了，软包‘好运’——你一直抽这个。”

“兴许……兴许是我刚扔的。”大超支吾道。

“别当我是傻子！”老薛厉声说，“刚才你压根儿就没有抽烟！”

“老薛，你先把枪放下来！”我忍不住插一句，“放心！他的枪在我手上。有话可以开诚布公地谈。”

“别着急，林队！”老薛说，“还没说完呢。等我说完，你就明白了。”

“有屁快放！”大超说，“别他妈磨磨叽叽。”

“大超，你知道你为什么走到今天这一步吗？”老薛一副恨铁不成钢的表情，说，“就因为赌。你是被赌害的。”

我这才听出一点味儿来。

“自从你迷上赌博，整个人就变了。以前你干劲多足，不管蹲点守候还是盘查抓捕，样样都冲在前头。加班熬夜，声儿都不吭。现在呢？整天掉了魂似的，不是今天弄丢了笔录就是明天弄丢了物证。以前隔三岔五得表扬，现在大会小会挨批评，连我都觉得抬不起头。好端端一个家也毁了。房子卖了不说，老婆孩子也走了。你看你，现在活成了什么样子？”老薛停顿了一下，“是呀，输红眼的人什么都干得出来。办‘2·11’的时候我偶然发现，你跟肥罗其实早有勾连！”

大超鼻孔里冒着粗气。

“前天我跟你讲了肥罗的事，转眼他就变成了一具尸体。没这么巧吧？”老薛不急不缓地说，“其实，有些细节我没说。是的，肥罗在电话里说：‘你们中间有内鬼。’刚开始我误会了他的意思，以为‘你们’指的是专案组。呵呵，现在总算明白了，他指的是我们这个小组。肥罗还说，他现在唯一担心的是被杀人灭口。看来，他早就有了预感。”

我朝大超瞥去，他正拿余光四下打量。我握紧了手里的枪。

“林队，现在你明白是怎么回事了吧？”老薛说。

“我在琢磨你们说的这些话，有点像个故事。随便梳理了一下，故事好像是这样的——”我看向大超。

“因为沉溺于赌博，你被肥罗拉下了水，一步步沦为黑恶集团的打手和帮凶。鲩鱼反水后，肥罗授意你把鲩鱼做掉，于是有了‘2·11’案件。没有猜错的话，你在这起案件中仅仅扮演了杀手的角色，目的只有一个——钱。同样，正因为你的通风报信，肥罗在我们展开抓捕行动前成功潜逃。

“前天早上，在得知肥罗给老薛打电话之后你惶惶不安。如果肥罗自首，无疑会把你抖露出来。尽管没有确凿证据，但凭经验判断，肥罗潜逃之后你们始终保持联系。于是，这个原本用于通风报信的渠道被你利用上了。你故伎重演，把肥罗诱骗到这里，然后一枪命中。

“至于老薛收到的那条短信，只是你耍的小花招而已。你想把我和老薛引到这里，然后伺机干掉。”

“扯淡！”大超挣扎了一下，“肥罗已经死了，有必要再干掉你们两个吗？”

“你跟老薛是老搭档，屁股一抬你就知道他要拉什么屎。老薛是个有城府的人。他在办公室的那番话，你是能听出个一二三的。你怀疑老薛打了埋伏。至于打了多少埋伏，你心里没底。如果肥罗跟老薛道出‘2·11’的真相或者揭发你就是内鬼，你还会无动于衷吗？至于我，作为组长，你担心老薛得知真相后可能向我汇报。为了以防万一和杜绝后患，你决定一不做、二不休，把我们除掉。姜还是老的辣。要不是老薛及早发觉，我还蒙在鼓里呢。”

“大超，你还有什么话说！？”老薛道。

“林队讲的真是个好故事。”大超意味深长地说，“听了半天，我怎么忽然觉得……故事的主人公或许可以换成另外一个人？”

“换成谁？”老薛问。

“换成你！”大超说。

“林队，我把故事的主人公换一换，你看行不？”大超朝我看过来。

“你讲！”我说。

“林队，你先把枪上膛！”大超瞥了一眼我手里的枪，“把枪拿好了，可别大意——”

“老薛，既然你今天拿枪顶着我，咱就把话敞开了说！”大超接着说，“五年前，你就认识了肥罗。你帮他摆平了一起案子；后来一来二往，慢慢有了交情。当然，很少有人知道这层关系。没错，我大超好赌。不过，你老薛也有自己的‘小爱好’，那就是女人。都说苍蝇不叮无缝的蛋。你这点爱好，很快就被肥罗知道了。你老婆说你经常十天半月不回家，我总帮你打圆场。没办法，谁叫咱俩是搭档呢。

“大家都怀疑‘2·11’是肥罗主使的，但谁都拿不出证据。鲩鱼眉心中枪，我当时就纳闷：杀人就杀人，干吗要弄个眉心开花呢？后来明白了，这是你刻意制造的犯罪标记，目的是要嫁祸于人。嫁祸给谁，当然是我！因为谁都知道，我是大队射击比赛第一名。”

“停，停！你说鲩鱼脑袋上的一枪是我干的？”老薛说，“我可没那么好的枪法。”

“按手枪速射的距离，你肯定不行。但抵近射击呢？”大超说，“咱们先不说这个。肥罗脱逃后，你跟他一直有联系。最近一次通话，你察觉到他有点悲观，提到了投案自首。你当然不想看到这种事情发生，就把他诱骗到这里，把‘2·11’的一幕重演了一遍。为了增强效果，你还增加了一个小道具。”

“什么道具？”老薛问。

“烟头。”大超说，“你说得没错，我刚才没有抽烟。不过，地上这个烟头确实是我的。之前，它老老实实地待在办公室的烟灰缸里；后来，不知不觉地被你装进口袋。在干掉肥罗之后，你把烟头故意扔在现在的位置。”

“你接着编！”老薛狠狠地看着大超。

“老薛，我跟你是老搭档。上到头发尖子、下到脚板丫子，浑身被你摸透了。想要嫁祸于我，你轻而易举就能搞到证据。这就应验了一句话——陷害你的往往是离你最近的人。”

“简直是一派胡言！”老薛恼羞成怒，拿枪的手不停地颤抖。

“别激动!”大超说，“故事还没讲完呢。”

“少给我瞎编！我知道接下来你会说些什么!”老薛说，“是的，我把你俩骗到洞里，一不做，二不休，全部干掉……”

“不是这个意思。我的意思是：这个故事的主人公除了你和我，还可能是另外一个人。”大超提醒说，“不要忘了，前天躲在办公室里说悄悄话的有三个人!”

好像明白了什么，老薛和大超齐刷刷地朝我看过来。

我没有吭声。这时，我看见老薛把枪口悄悄挪了挪。

在他犹豫的瞬间，我抬手就是一枪。

枪声响过，老薛应声倒地。

大超转身便跑。我扔掉大超的枪；之后，从腋下掏出自己的配枪……下一秒，火舌喷出！黑暗处，传来沉重的倒地声。

拿手电照去，有鲜血从老薛的眉心渗出，在他脸上划出一道奇形怪状的痕。

“忘了告诉你，”我把枪收回枪套，“我是刑侦支队射击比赛第一名。”

不远处，大超侧卧在地。子弹从他头部贯穿，前额豁出一个大洞。

我开始布置现场。眼前浮现出一幕场景：发现肥罗尸体后，老薛将嫌疑一步步指向大超。大超见事已败露，拔枪向老薛射击。我抬手一枪，将大超击毙……

我捡起大超的枪，拿衣角擦了擦，把它塞进大超的手里。

周围静得可怕。坦率地说，在老薛和大超对峙的时候，我已经有了主意。

完事之后，我拍了拍手上的沙土。是啊，一切是如此的简单。

没错，我就是那个内鬼。至于谁杀了鲩鱼和肥罗，谁给老薛发送短信，谁从大超的烟灰缸里偷走烟头，我不置可否。他们都死了，已经死无对证。

我举起手电，最后看了一眼。毫不夸张地说，现场布置得非常完美。我很满意，甚至有点暗自窃喜。

在我转身准备离开的时候，隐约听到一个声音，微弱的、时断时续的声音。

细听，声音是从老薛身上传来的。我在他的口袋里一番摸索，很快找到他的手机。

一看之下，我不禁瞪大了眼睛。他的手机处于通话状态，屏幕上赫然显示着三个数字：110。

一种不祥的预感，骤然袭来。我扔掉手机，本能地朝洞口方向跑去。

跌跌撞撞地走出洞口，我恍惚听到轰隆隆的雷声。

奇怪，眼前一片艳阳高照，怎么会有雷声？

抬头看去，一架警用直升机在头顶盘旋。

“林伟，你已经被捕了！”半空中有人喊话，“立即放下武器！”

灰尘扑面，让人睁不开眼。此刻，我脑袋里只剩下一个问题：老薛是什么时候拨打的110？

牛角刀

在省城买房后，我回了一趟老家——一个偏僻的鄂北小镇，准备把我妈接过来一起生活。

刚开始，她死活不愿意，说住不惯楼房。所幸一番好说歹说后，勉强同意了。她说先住几天看看，我说也行。

趁她清理行李，我来到儿时住过的房间。因为闲置多年，屋里弥漫着一股霉味。环顾四周，眼前的每件旧物无不承载着童年的记忆。可能被一种强烈的好奇心驱使，我朝窗户下面那瘸腿的五屉柜走去。在最下面的抽屉里，找到一个帆布铅笔袋。

打开一个隐蔽的夹层，里面露出一把折叠刀。刀刃已经锈得不成样子；刀柄因为是牛角质地，轻轻一擦，依旧散发出一丝油光。

记忆，将我拉回到二十年前。

那时，我不满十岁。

一个阴沉沉的下午。放学后，我独自穿过一片野树林，远远看见“卷毛”和“肥墩”。卷毛又瘦又高，满脸雀斑；肥墩又矮又胖，长着一对斗鸡眼。他俩读初中，平时总在一起。

“嘿，小野种！”卷毛喊我。

我爸在我出生的那一年死了。所以，经常有人这么叫我。

我愣愣地朝他俩走过去。

“走。”卷毛朝身后歪了歪脑袋。

“我妈叫我今天早点回去。”我撒谎说。

“一会儿就回。”肥墩一脸坏笑，“咱们去搞点好吃的东西。”

两个人把我夹在中间。我们朝一条小路走去。

我不知道他们准备带我去哪里，但知道他们准备

干什么。

上一次，他们把我带到一面爬满丝瓜藤的院墙外头。卷毛让肥墩蹲下来，叫我踩着肥墩的肩膀爬上去。刚开始我不敢，卷毛从口袋里掏出一把折叠刀，刀尖顶住我的脸蛋。

我从院墙翻下去。还好，院子里没人。接着，我从一道门缝钻进屋里。

十分钟后，我原路返回，口袋里多了一个钱包。

卷毛打开钱包，里面有厚厚一摞钞票。

“小王八蛋，还敢藏东西？”肥墩撇了一眼我的口袋，“圆鼓鼓的是什么？

“是个苹果。”我怯生生地回答。

“苹果就留着吧。”卷毛说，“今天干得不错，算是给你的奖励。”

回来的路上，我心有余悸。万一屋里有人，肯定会被逮住；被逮住了，肯定会挨打——不仅要挨主人的打，回家还要挨我妈的打。但卷毛和肥墩才不管呢，一准跑得比兔子还快。

之前，我们还偷过几次。卷毛和肥墩觉得我个子小、灵活，什么窗齿、门缝、狗洞都是我的门道。我不敢不听他们的。要知道，我比他们矮了整整两个脑袋。还有，卷毛总带着一把折叠刀，时不时在我眼前摆弄。

“漂亮吗？”卷毛晃了晃手上的折叠刀，“这可是牛角做的。”

“漂亮。”我羡慕地说。

穿过野树林后，我们沿着一条土路往山坡上走，直到眼前出现一栋孤零零的楼房。

“这房子的主人是个做药材生意的老板。”卷毛说，“中午全家坐车出门了，一时半会儿回不来。”

“院墙太高了，上面还有铁丝网。”我抬头看了看，“怎么进去呀？”

“我俩刚才来过一趟。”卷毛指着房子下面一个黑黢黢的洞口，“是下水道。也许能从这里溜进去。你钻进去看看，麻利点儿。如果行，就喊我们。”

我们来到下水道口。肥墩用力扯掉洞口的钢丝防护网，我压着脑袋钻了进去。

下水道是石头砌的，里面尽是些水泥疙瘩。我手脚并用，一点一点地往前挪。前半截比较平缓；拐了一个弯后，开始斜着往上。抬眼看去，不远处的洞口透着光亮。我铆足力气，往上爬。

在洞口，我像老鼠一样探出脑袋。这是间宽大的厨房，中间摆着一张四方桌和几把椅子，四周是灶台、碗柜、水缸和冰箱。

厨房门紧闭着，外面听不到任何声音。没错，屋里没人。

我从洞口爬出来，轻手轻脚地走到桌子跟前。揭开桌上的饭罩子，盘子里装着熏香肠和卤猪蹄。我抓起一根熏香肠，美美地啃了起来。正吃得带劲，忽然闻到一股与众不同的香味。我拿鼻子嗅了嗅，好像是奶油的味道。看了看四周，我的目光最终停留在一个比冰箱还要宽大的铁皮柜子上。跟冰箱不一样的是，它有好多层抽屉。

我踮起脚来，看了看右上角的面板。这才明白，原来是个电烤箱。面板上有绿灯显示，下面写着“保温”两个字。

我很好奇，于是小心翼翼地拉开其中一个抽屉。一股热气扑面而来，夹杂着诱人的奶香。再看，抽屉里整整齐齐摆放着好多小蛋糕。我抓起一个就往嘴里塞！哇，真香！

拉开旁边的抽屉一看，里面是各种各样的蛋糕，颜色和形状不尽相同——有金黄色、咖啡色、浅灰色、浅绿色，有方形、圆形、三角形、椭圆形。我接连吞下几个。味道真棒，跟学校小卖部的蛋糕完全是两码事。

我一边吃蛋糕，一边四处打量，看见墙角有个狗洞。我从狗洞伸出脑袋往外看，是一眼望不到边的山坡。卷毛说过，脑袋能过的地方身子就能过。我有点后悔，早知道从这里钻进来多好，就不用费那么大的劲钻下水道了。

这时，我才记起卷毛和肥墩来。转身趴到洞口，伸出脑袋朝下面喊。先喊卷毛，没有回应。再喊肥墩，还是没有回应。他们在干吗，我有点纳闷。转而想，是不是发现主人回来，两个人开溜了。

肯定是这样。我从狗洞钻出来，一溜烟跑到之前的地方。没看到卷毛和肥墩，正准备扯着嗓子喊，他俩从齐人高的茅草里钻出来。

“小王八蛋，怎么现在才出来？我们饿得前胸贴后背，幸亏地里有红薯。”肥墩大口啃着手里的红薯。看样子，他饿坏了。

“小野种，我还以为你被逮住了呢。”卷毛摸了我的嘴角，“呵呵，看样子，里头有不少好吃的。”

“上面就是厨房，里头有好多好吃的。”我说，“有个大烤箱，里头全是各种各样的蛋糕，热乎乎的呢。”

听说有蛋糕，肥墩立马把红薯扔了。

“走，进去看看！”卷毛咽了一下口水。

“厨房有个狗洞。”我说。

“我知道。”卷毛说，“你能钻进去，可我们钻不进去。”

卷毛撸起袖子，准备往下水道里钻。

“滚开，让老子先来！”肥墩推开卷毛，一头钻了进去。

卷毛不敢惹肥墩，肥墩比卷毛重两倍都不止。

“你就跟在我们屁股后面！”卷毛恶狠狠地对我说。

等肥墩和卷毛钻进下水道，我也跟着钻了进去。我一边往前爬，一边在想：肥墩那么肥，能钻上去吗？

果然，肥墩在拐弯的地方卡住了。

“这地方实在太窄了。”肥墩叫嚷着，“卷毛，你推我一下。使劲呀！”

“你这么胖，我哪里推得动呀？”卷毛抱怨说，“你别瞎蹬，都蹬到我脸上了。啊呀，我的妈！”

我在后面偷偷地笑。

不知道卷毛使了什么妙招，好歹把肥墩推上去了。

等我爬到厨房，肥墩趴在地上，不停地喘粗气。卷毛瘫坐在一旁，头发像鸡窝，脸上沾着好多泥巴。

“可把我给累坏了。”肥墩说。

“小野种，你说的蛋糕呢？”卷毛问。

我指了指烤箱。

肥墩立马从地上爬起来。卷毛的动作更快，一步就冲到烤箱跟前。两个人拉开抽屉，你争我抢。肥墩可能饿坏了，一连往嘴里塞了十几个蛋糕，噎得直翻白眼。接着，他走到水缸旁边，抓起水瓢猛灌了一通。卷毛比肥墩灵光，在冰箱里找到一瓶可乐，咕咚咕咚喝了个底朝天。

两人转头揭开方桌上的饭罩子，抓起熏香肠和卤猪蹄，大口大口啃了起来。

我走到窗户跟前，看见天色渐渐黑下来，远处的山道上有灯光由远及近。

“有辆汽车!”我喊了一声。

卷毛和肥墩也凑到窗前。

“嗯嗯。”卷毛抹了抹油腻腻的嘴巴说，“他们回来了。”

“走!”肥墩扔掉手里的卤猪蹄，“再不走就来不及了。”

两个人一溜烟，来到下水道口。卷毛正准备往里钻，被肥墩一屁股挤到旁边。

“滚一边去!”肥墩嘟哝着，“还是我先来!”

“你这头肥猪!”卷毛气呼呼地说，“吃了这么多，不卡在里头才怪!”

两人慌慌张张地钻了进去。我来到墙角，准备从狗洞钻出去。这时，下水道里传来肥墩的声音。

“我卡住了，快帮帮我!”肥墩直哼哼，“我使不上劲儿。”

“别嚷嚷，你再试试。”卷毛焦急地说，“不然，我们都跑不了。”

他们现在头朝下、脚朝上，当然使不上劲儿。

我摸到窗户跟前，往外偷看。一辆汽车朝这边开过来了。奇怪的是，它在门口拐了一个弯，又加大油门朝上山的方向开走了。

“小野种，给我帮个忙！”

听到卷毛的叫唤，我来到洞口，看见他两只脚正在瞎扑腾。

“快拉我上去。把脚拽住！对，就这样。使点劲儿！”卷毛嚷嚷着。

我抱着他的脚使劲往外拽，却一屁股跌坐在地上。再看，怀里多了一只臭烘烘的球鞋。

“告诉你，那辆汽车是路过的。”我扔掉球鞋，“已经开走了。”

“哎呀，吓死我了。”卷毛说。

“肥墩呢？”我问，“下去没？”

“下去个屁。还卡着呢。只有出气，没有进气。”卷毛说，“别啰唆了，使点劲儿！”

“你太重了……我拽不动。”我说。

“再使点劲试试。”卷毛似乎想起了什么，恳求道，“要不……如果你把我拽上来，我把牛角刀给你。”

“真的？”我有点不相信。

“当然是真的。”卷毛说。

“牛角刀在你口袋里?”我问。

“噢，今天忘带了。”卷毛说，“你不相信?好吧，等我出来了，马上带你去拿。”

“放在什么地方?”我问。

“棺材石。”卷毛说，“棺材石背面有道缝隙，我把它藏在里面。”

我知道棺材石，在村后的小溪旁。因为很像一口棺材，都叫它棺材石。

“别磨蹭了，赶紧把我弄出来!”卷毛不耐烦地说，“再磨蹭，等会儿看我怎样收拾你!”

我没理他，只将目光转向一块厚重的青石板。这块石板斜靠在墙上，我猜是用来封堵洞口的，以免黄鼠狼之类的小动物顺着下水道钻进来。

我尝试着挪动石板，居然成功了。

“小野种，你听到没……”卷毛还在叫唤。

我猛地用力，石板“扑通”一声倒下，正好盖住洞口，很严实。

屋里陡然安静下来，再也听不到吵吵嚷嚷的声音了。

我去到墙角，从狗洞里钻了出来。

顺着山坡往下走，我一直走到村后的那条小溪边。找到棺材石的时候，天已经完全黑下来了。全凭手去摸索，我在棺材石背面的缝隙里找到那把牛角刀。

一回到家，被我妈逮个正着。

“衣服这么脏，快脱下来洗洗。”她帮我脱下校服说，“有人看见你跟两个大孩子在一起。你们去哪儿了？”

“去山上玩了一会儿。”我说。

“这是哪来的？”她在校服口袋里发现了牛角刀。

“路上捡的。”我随口说。

第二天一大早，我妈把我从床上叫醒。

“那两个孩子死了。”我妈脸色很不好，“你给我老实交代，昨天到底去哪儿了？”

眼见无法隐瞒，我把昨天的事情一五一十地讲了一遍。当我讲到用力搬动青石板的时候，我妈紧紧地捂住我的嘴巴。

“别说了！”我妈一脸惊恐，“不要跟任何人说这件事！永远！”

起床后，我把牛角刀藏到帆布铅笔袋的夹层。

一转眼，二十年过去了。

等回过神来，我妈站在跟前。她从我手里接过牛角刀和铅笔袋，缓缓地走出房间。

在门口，她又回头看了我一眼。

“你已经长大了，该放下的要学会放下。”她说，“这些都用不着了，我拿去扔掉。”

回城的路上，群山环绕，好一派秋日胜景。从后视镜看去，我妈靠在后座上闭目养神。

她这辈子，不容易。二十岁就守寡，一手把我拉扯大。吃了多少苦，只有她自己知道。

我默默地告诉自己：一定要好好照顾她，让她有个幸福的下半辈子。

夕阳西下，再望远山，已是一片灿烂的金黄色。

夜钓人

最近，我迷上了夜钓。

待夜幕降临，一个人头顶星空，闻着野草散发的芬芳，看着河水静静流淌，内心能感受到一种无法用语言描述的空寂。相对于城市的快节奏来说，这无疑是一种难得的享受。

我看了手表，现在是晚上八点，快到鱼儿开口的时候了。瞥了瞥不远处的荧光浮标，盘算着今天钓上来的第一条鱼是鲫鱼、翘嘴还是贪吃的黄颡鱼。

旁边的草丛里，传来窸窸窣窣的声音。扭头看去，一束手电光由远及近。再一看，是个扛着鱼竿的钓友。

“你好！这边有鱼吗？我那边一点动静都没有。”对方嘴里叼着烟。烟头在黑暗中忽明忽暗。

看不清对方的脸。听声音，是个中年人。

“我这边也没起钩。”我说，“可能没到时间。”

对方在离我几步远的地方站了一会儿，似乎在观察周围的地形。“你选的这地方真不错，是个回水湾。”接着感叹说，“真是个好地方！”

说话间，浮标突然下沉，我连忙收竿。竿头沉重，感觉有了。

“好家伙，是条鲫鱼，个儿挺大的。”对方在草丛里捡起鲫鱼，退钩之后把鱼放进鱼护。

我重新甩竿，对方依然没有离开的意思。

“要不，”我说，“就在这里一起钓吧。”

“那太好了。”对方似乎正等着我的这句话，“我马上把家伙什拿过来。”

几分钟后，对方回来了，把钓椅摆在刚才的地方。

“我是的士司机。”对方问，“请问，您在哪里发财？”

“我是律师。”我说。

“律师？”对方似乎有些不解。

“怎么，”我说，“律师就不能钓鱼吗？”

“哪里？”对方说，“给人感觉是律师都很忙，没这么多的闲工夫。”

“是的，我的工作的确很忙。”我说，“也许正因为工作太忙，才想用这种方式放松一下。”

“嗯，这么说也有道理。”对方说，“看来什么事情都要从正反两方面看。”对方甩竿后，安安稳稳地坐了下来。

明月当空，一阵晚风吹过，湖面上泛起微微的涟漪。

“真爽！”对方感慨道，“简直是神仙过的日子。”

“钓鱼钓的是心境。”我说。

“有道理。”对方问，“对了，你是负责哪方面的律师？”

“我是刑事律师。”我说。

“那太好了，看来今晚找到话题了。”对方高兴地说，“你看了那条新闻吗——‘快递色魔’？我觉得这名字不贴切，应该叫‘睡衣小哥’。你觉得呢？”

原来他说的是这个。我知道这条新闻。事实上，二十分钟前我还在手机上浏览过。大致内容是：一个伪装成快递小哥的嫌疑人多次窜入单身女性家中，向对方强行索要穿过的睡衣。作为一宗涉案事件，本身并无特别之处，新闻的焦点更多集中在送货上门带来的安全隐患，继而延展到对包括快递业在内的诸多服务行业的信任危机。

“不过是一起普通的刑事案件，却被炒得沸沸扬扬。”我说，“无非是博人眼球，想赚取更多的点击量罢了。”

浮标突然上蹿，我赶紧提竿。竿头在空中轻轻回弹了几下，鱼脱钩了。凭经验判断，这是条小白条，本地称“小参子”。

“对了，你是刑事律师，从法律的角度看，这家伙犯的是什么罪？”

对方有一搭没一搭地找我说话。的士司机都是这样。

“从网上了解的情况看，嫌疑人一身快递员打扮，在敲开受害人房门后要求对方签收。就在对方签字的时候，嫌疑人采取捂嘴的方式将其挟持到室内，强行索要一件穿过的睡衣。随后，嫌疑人逃离现场。”我把案件复述了一遍。

“是这样的。”对方说。

“如果是这样，嫌疑人的行为并没有一个明确的相对应的罪名。”我看了看对岸的灯火，“说抢劫吧，他仅仅抢了一件穿过的睡衣；说猥亵吧，嫌疑人在整个作案过程中并没有实施猥亵行为；说伤害吧，又远远达不到伤害的程度。我认为，只能以非法侵入住宅罪追究他的责任。要知道，这是一个很轻的罪名。”

“妈的，真是便宜这小子了。”对方愤愤道。

“不能这么说。”我说，“从刑法的原则来说，刑罚的轻重跟所犯的罪行和应当承担的责任是相适应的。说白了，犯多重的罪就受多重的惩罚。再说，嫌疑人的行为并没有什么显著的恶意，使用的暴力也非常有限，最突出的危害顶多只是侵入住宅罢了。如果不是多次作案，我觉得连犯罪都算不上。”

“你说得太轻巧了。要知道，这些受害人全是单身女性。”对方说，“如果这家伙有什么别的企图，就可以干他想干的任何事情，比如抢劫、强奸，甚至是杀人。”

“可是，”我说，“从警方核实的六起案件来看，除了索要睡衣，嫌疑人别的什么都没干。”

“我觉得只是时间问题。那些惊天大案都是由看似毫不起眼的小案一步步演变而来的。”对方说，“等后果真的发生了，就追悔莫及了。”

对方的浮标晃动了一下。提竿查看，鱼钩上空空如也。给鱼钩上饵后，他再次甩出鱼竿。

“况且，这家伙是个性变态。”对方继续刚才的话题，“你是刑事律师，一定见过不少这种人。”

“性变态分很多类型。”我说，“在我经历的刑事案件中，遇到过各种各样的性变态行为。比如：偷窥女性洗澡；在异性面前故意暴露自己的敏感部位；杀人后，割掉受害人的性器官——我还遇到过一个嫌疑人，长期跟某种动物发生性关系；另一嫌疑人则采取密室囚禁的方式，在对受害人的百般折磨中获得性满足。至于你说的这个嫌疑人，我赞同网上的分析——应该将他归于‘恋物癖’的类型。”

“听说有这种嗜好的人还不少。这种人专偷女人晾晒的丝袜、奶罩、内裤，通过把玩这些东西获取快感。”对方转而说，“可眼下的这个家伙，胆子实在太大了，竟敢擅闯民宅强行索要。我始终认为，如果不及时将他抓获归案，最终很可能转化为恶性案件。”

“呵呵，你还是安心做好你的本职。至于如何侦查破案，怎样抓获犯罪嫌疑人，那都是警察操心的事。”

我猛然收竿。有了，是条一尺来长的黄颡鱼。

对方见我又有收获，放下鱼竿，帮我取钩，羡慕之情溢于言表。

等再次坐定，我跟他主动攀谈起来。仍旧是老话题。“我刚才看了警方负责人的专访。警方高度回应群众关切，正在全力抓捕这个嫌疑人。”我说。

“连犯罪嫌疑人身份都没搞明白，谈什么抓获归案？扯淡！”对方接着说，“他说犯罪嫌疑人的年龄在二十至三十岁之间，还拿出恋物癖往往源于心智发育不成熟之类的鬼话作为依据，我觉得对年龄的划定完全可以延展到二十至五十岁。他说犯罪嫌疑人可能从事蓝领职业或无业，理由是上述人员相对缺乏包括自控力在内的社会行为能力。我觉得，他根本没意识到这是一起有预谋的系列案件，犯罪嫌疑人从伪装、踩点一直到逃跑路线的选择，都是经过精心策划的。来去从容，而且屡屡得手，恰恰证明犯罪嫌疑人具有很强的行为能力。俗话说，知己知彼，百战百胜。想抓住这个人，首先要搞清楚他是一个什么样的人，知道他的习惯、偏好，知道他下一步要干什么和怎么干。只有这样，才能够获得主动权。否则，只是疲于奔命。”

“没看出你还是有心人，新闻也能看出点名堂来。”我笑着说，“你觉得这嫌疑人是个什么样的人？”

“是个老谋深算的家伙。”对方燃了一支烟，“性格内向但善于伪装，日常生活中可能表现出随和、亲切和友善的一面。有一定的文化修养，有一份稳定甚至体面的工作。当他落网后，周围的人往往会很诧异。大家都觉得他是个好人，没想到竟然是个性变态！对了，补充一点，他很可能从事脑力劳动。”

“如果你是警察，”我饶有兴趣地问，“你觉得怎样才能抓到他？”

“既然是精心策划，犯罪嫌疑人必定进行了充分的准备。”对方一边抽烟，一边说，“从几起案件来看，用于伪装的头盔、服饰、标识以及手套、鞋套必不可少。如果没有猜错的话，犯罪嫌疑人还需要一部高倍望远镜或者带望远镜头的照相机。在当下，这些东西统统可以从网上购买。所以，可以利用大数据对相关网购平台展开对相关物品的筛选。注意：收货地址在本市范围之内。这是其一。其二，侦查措施要有前瞻性，不能囿于当前。犯罪嫌疑人在六起案件中均以快递小哥的身份出现，在大家防范意识增强并有所警觉之后，他下次作案就很可能改头换面，摇身变成推销员、天然气检修员、物业管理员、管道维修员，甚至管段民警，都是有可能的。而想要成功地实施伪装，嫌疑人仍旧会选择网购或者上网查询相关知识——这又回到了第一点。其三，我认为犯罪嫌疑人不会就此罢休……”

“你的意思是，”我打断他说，“嫌疑人还会继续作案？”

“犯罪嫌疑人连续六次轻松得手，可以说自信满满。”对方吐了一个烟圈，“他是一个多谋善算的人，肯定会继续玩下去。要知道，此时除了女人的睡衣，他又多了一种满足。那就是跟警方玩猫捉老鼠的游戏。”

夜色朦胧，他的脸在烟雾中显得愈发模糊不清。

“听你刚才一番话，我忽然有种感觉，”我稍显疑惑地看向他，“你不像是的士司机，倒像是……”

“实不相瞒，”对方缓缓地说，“我是一名刑警。

准确地说，是负责侦办此案的侦查员。抱歉刚才向你隐瞒了身份，这仅仅出于职业习惯。你知道的，调查走访的时候，这一招很管用。的士司机是天生的话痨。”

“你来这里，为了工作还是为了钓鱼？”我有点糊涂了。

“最近没日没夜地忙案子，很想放松一下。有朋友推荐了夜钓，就过来了。”对方说，“说心里话，感觉还真不错。”

“是的。”我说，“往这月高风清的地方一坐，白天的琐事和烦恼顿时烟消云散了。”

“说句心里话，”对方说，“我们这帮侦查员其实不怕吃苦，就怕上头那帮人瞎指挥，不懂装懂，尽干些不着调的事。今天，上头要我们在全市范围蹲点守候。你想想，不把嫌疑人吃透，你到哪里蹲点，又要在哪里守候？”

说话间，他起身收拾装备。

“不能太搞晚了，明天还要开工呢。”他冲我挥了挥手，“回见！”

“回见。”我说。

等他走远了，我一边眺望对岸的那栋高层住宅，一边从钓椅下取出望远镜。调整焦距，目标清晰地锁定了二十二层的阳台。阳台上，一个身着睡衣的女人正在晾晒刚刚洗好的衣物。没错，这几天我一直在观察她。这是个温婉贤淑的女人，而且单身。

我对她身上的那件小碎花睡衣非常着迷。闭上眼睛，甚至能隐隐闻到她睡衣上散发的幽幽体香。正如我小时候闻到的一样。

我清楚地记得父母离异时的争吵，记得妈妈几乎每晚都要去加班，记得临走时她把一件睡衣塞进我的被窝。我记得很清楚，在她的葬礼上，我还紧紧地抱着她的睡衣。

我查阅过关于恋物癖的资料，无一不将这种行为的目的归结为性幻想。我并不认同这种观点。就自己的体验而言，我只是籍此寻找一种难以言状的安全和舒适，以期获得自己所渴望的抚慰和温度。这一过程不存在任何假想，跟性完全无关。

放下望远镜，我陷入纠结之中。原本打算明天上午采取行动，届时我将以天然气检修员的身份出现。但眼下，这个计划似乎有待调整。那套蓝白相间的工作服非常扎眼，也许我刚刚走进小区，就会被几名便衣盯上。在我乘坐电梯来到二十二楼、将手缓缓伸向门铃的那一刻，他们一哄而上，将我死死按倒在地。

浮标嗖的往下沉，瞬间失去了踪影。我抬竿收线，顿时感受到一股拖拽的力量。是条大家伙！

鱼儿拼尽力气，试图摆脱当前的困境，忽而钻入深水左冲右突，忽而跃出水面上蹿下跳。我紧绷鱼线，让它沿着水窝子一圈又一圈地打转。

一阵激烈的相持之后，水面渐渐平复下来，鱼线也松弛了不少。尽管猎物还在做最后的挣扎，但毫无疑问，它已经输掉了这场博弈。

我忽然觉得心里一沉，没有钓到鱼儿的激动和欣喜反倒多了一份惴惴不安。钓鱼钓的是心境，看来的确如此。

夜钓的兴致一去，周围的环境好像骤然变冷。往天上看，月亮也渗出惨白的光晕。我不禁打了一个哆嗦，只想快点回家躺进被窝。收拾渔具的时候，我瞥见草丛里有什么东西在微微晃动。走近一看，是对方遗落的水桶和几包饵料。灯下细看，是一个崭新的塑料桶；再看，饵料竟然没有拆封。

我的脊背一阵发凉。是呀，他一点也不像个夜钓人。或者说，他原本就不是来钓鱼的?

一阵水花扑通。

我慌忙回头，发现刚才钓到的那条黄颡鱼从鱼护里跳了出来。此刻，它正在草丛中奋力挣扎，嘴巴一张一合。

五封信

近来，我被实验室复评审搞得焦头烂额。

自从物证鉴定中心通过国家实验室认可以后，这种定期和非定期的评审工作在不知不觉中消耗了全体同仁的大量精力。大家开始产生质疑：我们的初衷在于如何规范物证的检验鉴定，没成想反倒被一个个繁琐的管理和受控程序所捆绑。

作为一名笔迹检验专家，每每此时，我只能放下手头的案子，把心思投在令人眼花缭乱的质量控制表格上。填写它们，需要十二分的小心，绝不亚于我在笔迹检验中的专注和谨慎。

有人敲打玻璃门。

“请进……”我的声音里夹杂着些许怨气。

“没给你打电话。”来人大大咧咧地说，“我知道你肯定窝在实验室。”

原来是阿金，江北区刑侦大队副大队长。如是初次见面，除了长相周正以外，你会觉得他的鼻子有些与众不同：鼻梁高耸，宽大的鼻头挤占了面部过多的位置，让这张脸多了一份亦正亦邪的特质。

“最近在忙什么？”我依旧紧盯着表格，“半年没看到人影了。”

“噢，知道外联组吗？”阿金故作神秘地说，“咱们大队独创的一个部门，专门负责协助外地警方的调查工作。就是外地刑侦部门来人的时候，咱们配合一下，找几个联系人或者打几个联系电话。我现在干的，就是这个。”

“听起来不赖。”我头也不抬地说，“挺悠闲的。”

我跟阿金算得上老朋友了。在震惊江城的“6·22”系列持枪抢劫杀人案侦破中，我俩同时荣记个人一等功。我在数百份可疑笔迹里面大海捞针，成功锁定犯罪嫌疑人；阿金面对举起的枪口，毫不畏惧地扑上去，

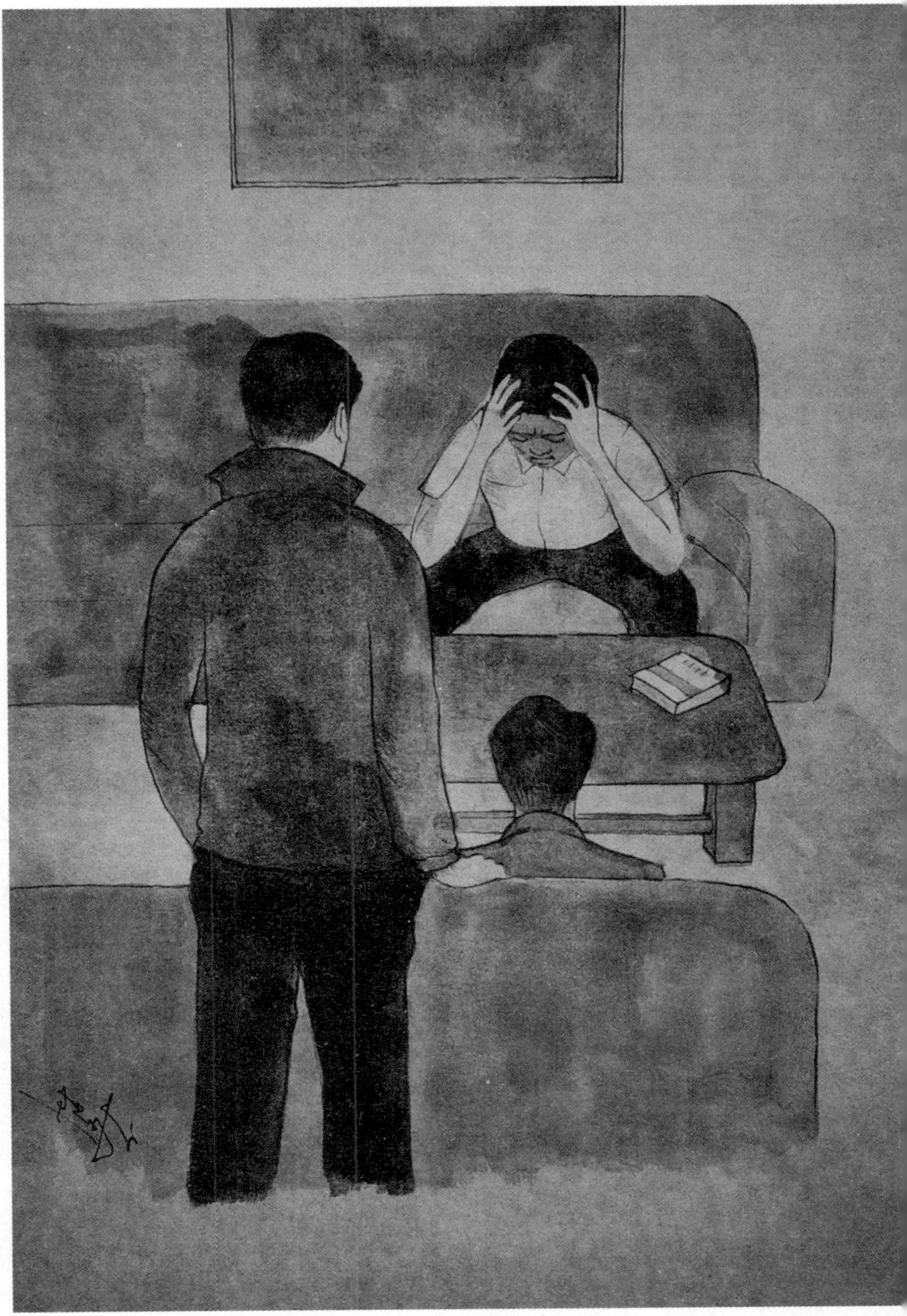

最终将犯罪嫌疑人擒获。这是八年前的事了。从参加功模事迹宣讲开始，我们在诸多案件中又有过多次合作。

“好像来得不是时候。”阿金一屁股坐在工作台上，“无事不登三宝殿，直说了！我那边发了一起敲诈勒索的案子。受害人叫艾阳，是爱佳家具的老总，也是浙江商会的会长。有个家伙给他写了一封勒索信，要他往一个账户里打二百万。可能是个网络黑客，在入侵爱佳的财务系统后发现了猫腻，想借机敲诈一把。”

“外地的案子？”我依旧埋头于表格。

“不是。”阿金说，“我们自己的案子。”

“你不是在外联组吗？”我这才将视线移到他的脸上。也许因为忙案子，他头发零乱、满脸胡茬，看上去很憔悴。

“嗨，别提什么外联组了。这差事不对我的胃口。你知道，我闲不住。”阿金习惯性地捏了捏鼻子，“咱们谈正经的。这是我离开外联组之后接手的第一个案子。”

我不甚了解地点了点头。这时，我隐隐闻到一股烟味儿，抬头看去，确信是从阿金身上散发出来的。

“还没说完呢。”他接着说，“收到勒索信后，受害人没有理睬，以为是恶作剧。没想到，几天以后又收到一封。”

“第二封信写的什么？”我问。

“你还是自己看吧。”他把一个牛皮纸的物证袋随手搁在工作台上，“抽空帮我分析一下。我想知道，写信人到底是何方神圣。”

阿金起身离开，却在门口突然停下来。“忘了告诉你，”他朝工作台摆了一下脑袋，说，“两封信都是打印件。”

“打印件？”我好像明白了什么。没错，刚才我一直觉得他的表情不太自然。“不要忘了我是笔迹专家，研究的对象是笔迹而不是打印机制造出来的工业垃圾。”

“不，用不着太谦虚。”他摆了摆手，“八年前，你就说过——每当看到一段文字的时候，不要急于研究它们的书写特征，而是要反复默念，不断寻找与之契合的表达意境，最终锁定书写者的人格特质——我记得没错吧？”

我一时语塞。除了对他的记忆力表示惊叹之外，几乎无从辩驳。没错，这些话纯属经验之谈，的确出自我之口，如假包换。

“就算帮我个忙。”他打了一个响指，“等你的好消息。”

“等等!”我朝他喊了一声，“这阵子我压根儿就没有时间……”

再看，他已经潇洒地出现在落地玻璃的另一面。

我无奈地摇了摇头。这小子，就这副德行。

阿金如旋风般吹过，我继续埋头于之前的工作。

有人再次敲打玻璃门。是对面声纹实验室的小安。她指了指自己的手表，用口形提醒我，下班的钟点到了。

我伸了一个大大的懒腰，这才注意到工作台上的牛皮纸物证袋。打开物证袋，里面有两个信封——那种文具店就能买到的普通白色信封。收信地址和收信人一栏分别写着：江北区江大路 99 号爱佳家具公司、艾阳先生亲启。正如阿金所说，字是打印上去的。

我从其中一个信封里抽出信笺。

艾总：

我不喜欢拐弯抹角。直接告诉您：我手上有份记账凭证，可以作为爱佳公司瞒报应税项目和经营利润的证据。如果交给税务机关，您是知道后果的——除了高额罚款，您可能因为逃税罪而遭受牢狱之灾。

您现在有两种选择：一是向我支付封口费。我保证做到销毁证据，一切到此为止。二是被举报。除了法律的惩处，您和爱佳公司的声誉也会一败涂地。

阅信后，请在三天之内将两百万元打到如下账户：6222 6006 1000 9262 589。

结尾处没有落款，是封匿名勒索信。

接着，我打开第二封信。

艾总：

三天的期限已到，我很失望地看到，您没有往账户上打钱。

我觉得，您不是那种顾虑重重的人。您给我的印象，始终是雷厉风行。

也许，您担心打钱后依然会遭到举报，或者担心我会继续敲诈。要知道，这种担心完全是多余的。

还有一种可能，就是您怀疑我手上的证据。关于我是如何得到这份资料的，您一定很感兴趣。在这里，我想提示一下：您公司的财务系统在两个月前曾被非法侵入。关于这一点，您和公司的财务人员是知情的。正是因为这个疏漏，我才有机会得到这份资料。

这次来信，是想告诉您，别忘了我的目的。我可以适当放宽期限，但不会无休止地退让。我的诚意和耐心是有限的。请您务必在三天内把钱打到指定账户！否则，后果自负！

两封信都是打印件。相比手写的信件，打印件具有迥然不同的属性。前者能够让人从笔迹的变化中体会到书写者的情绪变化；后者经过打印机的过滤，早已失去了书写笔迹固有的特征和个性。就像眼前的文字，泾渭分明的同时又显得索然寡味。

既然上了贼船，只好勉为其难。趁着头脑还算清醒，我开始咀嚼着信笺上的文字。

正如阿金所说，在收到检材之后，我会反复默念。此时，不用字斟句酌，只需初略品味信中的语境，获取对书写者的第一感觉。就像你面前坐着一位陌生人，对方正娓娓道来。除了细心倾听他的语气、语调和停顿，还要注意他的任何一个细微的肢体语言。只有这样，才能获得最真切的情感体验，体会到书写者的情绪、认知、人格以及隐藏在文字背后的真实意图。

半小时后，我揉了揉眼睛。

第一封信是标准的勒索信，主要提及勒索的理由、金额以及交付方式和时间。全文布局工整，表达通顺；没有出现方言或者特定的群体语言；没有出现错别字甚至错误的标点符号——几乎看不出任何破绽。

第二封信很像是对前者的补充说明，内容并不涉及具体事项，但反映出作案意图上的层层推进。书写者试图给对方施压，这会产生相应的语境。细细品味，字里行间似乎蕴含着些许的警惕、焦虑甚至偏执，以及不易觉察的自以为是。

嫌疑人是一个什么样的人？这是一名笔迹专家始终在思考的问题。就眼下的两封信来说，一时还难以找到答案。

不过，有一点可以肯定：结合嫌疑人作案意图的层层推进，我认为他会继续写信。

我翕动了一下鼻子，发现空气中残留着一丝淡淡的烟草味。想起阿金不修边幅的样子，还有一阵风般的来去匆匆，总觉得他跟以前不太一样。

接下来的几天，我开始为实操演示作准备。这是复评审的一个重要环节。之前需要对所有仪器设备进行调试，以免关键时候掉链子。

阿金进来的时候，我正在摆弄一台文检仪。这个庞然大物半年来，一直躺在那里睡大觉；现在，得让它活动活动了。

阿金把手机和车钥匙随手搁在工作台上，将一个物证袋递了过来。

“第三封？”我低头调试载物台。

“啊，看来你是早有预料了。”他打开物证袋，“要不你忙你的，我念给你听？”

我觉得这主意不错。

他掏出信笺，很认真地朗读起来。

艾总：

说实话，最初没打算跟您开口的；只是最近手头有点紧，才不得已给您写信。

话说回来，您应该感到高兴。我的来信给您敲了一个警钟，让您及时意识到网络安全上的漏洞从而亡羊补牢。如果您毫不知情，这件事情就像一颗定时炸弹，随时可能爆炸。

您公司的系统存在严重的安全隐患——如此草率地存放记账凭证之类的重要资料，仅仅加装几道安全密匙就敷衍了事。如果告诉您我是用最简单的数据分析来破解的，您一定会很吃惊。要知道，在植入程序木马后，您的这个系统就等于不设防了。正因为这样，我对爱佳公司的情况可以说了如指掌。看到这里，您肯定更加吃惊了。

您不用过于担忧。我说过，钱到账后，我们一笔了结。我建议您选择一家网络安全公司，对整个系统进行漏洞实时监控。只有这样，才能彻底消除隐患。并不是要您非得按我说的去做，只是一个良好的建议。

这阵子，您肯定焦头烂额。我知道，您是知名企业家，头上有很多光环。爱佳公司也是民营企业的一块招牌，在业内拥有良好的口碑和声誉。如果爱佳公司因为偷税、漏税受到处罚，无论公司还是您的形象将会一落千丈。您肯定不希望这种事情发生。

两百万对您来说，只是九牛一毛；对我来说，就非常重要了，能够帮我渡过这个难关。

望三思，不要心存侥幸！

“这封信很有意思。”我合上文检仪的透明外罩，“多了一些无关紧要的内容，比如：怎样破解和侵入公司的网络系统；建议对系统中的漏洞进行实时监控。这些内容既反映了书写者的情绪特征，也反映了一个人的人格特征。”

一旁，突然响起了手机提示音。我撇了一眼工作台，阿金的手机上冒出一个紫色的小弹窗。

“不好意思！”他把信递给我，“接个电话！马上回来！”

他拿起手机，匆匆出了门。

我一如往常地浏览手里的信。细细品味，觉得这封信跟前两封大有不同：语序和语法稍显混乱，反映出情绪上的波动；文字表达啰里啰唆，有点偏离主题，说明写信的时候心神不宁……

几分钟后，阿金再次出现在我面前。

“怎么样，看出什么眉目没有？”他问。

“这已经是第三封信了。”我说，“俗话说，言多必失——话说得越多，露出的破绽就越多。前两封信布局规整、语言简洁，因为书写者在刻意控制自己；到第三封信的时候，他有点兜不住了，慢慢露出了狐狸尾巴。我认为，写信的是个敏感多疑的人。这种人不善于把控情绪，容易激动；有点自命不凡，为人处世以自我为中心，而且富于想象——对，充满幻想；很固执，思考问题常常囿于一己之见。还有，因为自私自利和胡乱猜忌，这种人对任何人都不信任，也很难跟周围的人和睦相处。所有这些，都指向一种情形——偏执型人格障碍倾向。”

“偏执型人格障碍倾向……能更具体一点吗？”他追问道，“比如：嫌疑人有什么行为习惯，或者个人偏好？”

“我懂你的意思。”我说，“可眼下我能告诉你的，只有这些。”

“这……这玩意儿不能当抓手呀。”他略显激动地说，“你是不是能够像过去一样，给我划定一个确切的侦查范围，比如职业、年龄、受教育程度以及当前的生活状况。有了这些，我才可以把他直接揪出来。”

“别忘了，过去我是用笔迹锁定犯罪嫌疑人的，而不是打印件。”我扬了扬手里的信笺，“所谓字如其人，笔迹是一个人行为特征的外在体现。它富于变化，一笔一画，跟个体的认知习惯和行为模式息息相关。但这种物理变化在打印件上，是看不到的。”

“这点我并不否认。”他扭头看过来，“可是，仅仅一个‘偏执型人格障碍倾向’对眼下的侦查工作来说，几乎没有任何意义。我需要一个明确的侦查范围、一个破案的抓手!”

阿金不停地摸鼻子，试图让自己平静一点。

“我理解你的心情。”我说，“同时,也提醒你：不要把检验鉴定跟破案压力混为一谈。”

阿金悻悻地看向一边。

“你变了,”我说，“变得跟以前不太一样了。”

他先是一愣，想张嘴争辩，但最终还是咽了回去。

“是一种由内向外的变化。”我径直看向他，“你的眼睛布满血丝，说明你严重缺乏睡眠。你外套和裤子上的褶子，证明昨晚你和衣而睡。如果没有猜错的话，很可能在车里将就了一夜。”

“噢，我忙了一个通宵。”他解释说，“这案子半个月了，依旧没有什么头绪，上头很不满意。爱佳那边，也坐不住了。早上，艾阳联系我，说他最近被这件事搞得心烦意乱；他还亲手拟定了一个嫌疑人名单，郑重其事地要我针对这些人展开调查。我现在是两头受气。”

“别拿案子说事儿！”我正色道，“只是一起没有任何后果的敲诈案，有必要连轴转吗？”

他没有吭声。

“半年不见，你好像有了新的爱好。”我搁下手里的信，“我问你，刚才出去真是为了接电话？”

他警觉地朝我看过来。

“是急着查看赔率。”我接着说，“我无意中看到你手机上的小弹窗，是‘乐享堂’的开盘提示。也许你想不到，我的手机里有好几款赌球软件，当然也包括‘乐享堂’。别以为我们是同道中人，我只是为了写一篇论文。”我拿起工作台上的文件夹，“就是这篇——《电子笔迹检验在网络赌博案件中的应用》，我清楚里头的套路。”

他闷头不语。

“赌球很容易上瘾，你是深有体会的。因为赌球，工作和家庭被你一概忽略。”我继续说，“你牛仔裤屁兜上画了一个猪鼻子，想必是你女儿的杰作。不用说，她是在表达对爸爸的不满。因为爸爸要么早出晚归，要么几天看不到人影。你脚上的皮鞋灰头土脸，一看就知道很长时间没有打理了。如果没有记错的话，你老婆是市妇幼保健院的首席助产士。一名医生，是不会容忍这种脏兮兮的东西出现在家里的。如果她视而不见，唯一的可能是，她对你已经深感厌恶和失望。”

他开始踱步，显得焦躁不安。

“还记得‘6·22’吗？”我不无感慨地说，“那时的你，跟现在判若两人。”

“你少在我面前说教！”他突然打断说，“我当然记得‘6·22’！我还记得你得意洋洋的样子！你说侦查员把笔迹送过来的时候你正在喝咖啡，你一边喝咖啡一边比对笔迹——一杯咖啡没喝完就比对上了，就这么轻轻松松立了一等功。是的，连你自己都不相信。可我呢？如果嫌疑人的枪里不是一颗臭弹，我坟头上的草应该有一尺多高了。”

他抑制不住内心的怒火。

“可立功又怎么样，反倒被那帮乌龟王八蛋嫉恨！”他愤愤地说，“说我搞个人英雄主义，缺乏大局意识；说我搞案子不请示汇报、不讲工作纪律——反正横看竖看，就是不顺眼。”

他转身走到我面前。

“你知道我是一个什么样的人。”他接着说，“我是一名侦查员，我喜欢搞案子。哪怕再苦、再累、再危险，我喜欢破案后的畅快——也许，只是短短的一瞬间。除了侦查破案，我一无所长。可他们竟然把我踹到一边，叫我负责一个整天靠喝茶看报纸打发时间的狗屁的外联组！”

有人敲门，是小安。看到阿金拂袖而去，她有些不知所以然。

“四点钟开推进会，小会议室。”她面带歉意，“不好意思啊……”

“没什么。”我喃喃地说，“你来得正是时候。”

看着阿金离去的背影，我五味杂陈。我只想给他一个善意的点醒——对于一个迷失方向的人来说，尤为重要——不知道他是否明白这一点。

随着末次会议结束，本轮的复评审终于尘埃落定。所幸顺利通过，所有的人都大大地松了口气。

回到实验室，我再次拿起工作台上的信笺。或许跟心情有关，忽然觉得别有一番韵味。仔细研读，不禁有了新的发现。

我决定给阿金打个电话。拨通之后，半天无人应答。无独有偶，门外传来急促的手机铃声。回头一看，来人正是阿金。

“又收到一封信。”他推门走进来，“是的，这是第四封。”

我从他手里接过一个信封，从里面取出信笺。

艾总：

快两周了，您依然没有往账户上打钱。看来，您并不想跟我做这笔交易。既然我的话是耳边风，那好吧——我不要钱了，但一定要把您搞臭。我会把手上的资料交给税务机关，还有市、区各部门，把爱佳公司偷漏税款的事公之于众，让大家认识您的真实面目。您披着优秀企业家和商会会长的外衣，满嘴说的都是诚信、守法，背地里却干着见不得人的事情。

您的好日子就要到头了！到时候，所有的人都会离开、背叛您，您成了孤家寡人。不要把这笔账全部算在我的头上。其实，您身边的那些人都希望您早点垮台，早点被抓进去。这样，他们才能随心所欲。

您垮台了，爱佳公司也会垮。不过，您身边的人一定很高兴。这帮人成事不足，败事有余，一心想搞垮公司。现在，终于等到了这一天。我能进入爱佳公司的系统，也是拜他们所赐。可以说，他们根本没把公司的利益当回事儿；或许，希望越乱越好，这样才能浑水摸鱼。我发现，爱佳公司的问题远远不只财务，还有更多的问题，而这些原本都是可以避免的。所以说，您不是栽在我手里，而是栽在您自己人手里。他们从没想过公司能有今天，靠的是您的呕心沥血。他们不仅没有感恩之心，反倒恩将仇报。

说实话，您让我非常同情，也让我非常恼火。我已经给您写了四封信，可没有得到任何回应。我不喜欢讨价还价，也不想无休止地等下去，只有采取行动了。这么做，纯属无奈！是您逼我做出这样的选择的，您应该独自承担后果。

是您自尝苦果的时候了。

爱佳公司也到了该垮的时候了。

走着瞧吧！

您肯定想知道我是谁。别费心了，您永远也猜不出来的。

“这封信有点意思。”我把信放下来，“还记得上次的分析吗——偏执型人格障碍倾向。现在看来，嫌疑人的精神状况比我估计的要严重得多。”

阿金半信半疑地摸了摸鼻子。

“我想去一趟爱佳。”我说。

“现在？”他瞪大眼睛。

“对，现在。”我说。

我们驱车前往爱佳公司。一路上，阿金只顾闷头开车。我知道，他心里憋着很多话。

“你跟艾阳接触过几次吧？”我打破沉闷。

“发案后，见过几次面。说实话，我非常烦他——经常冷不丁给你打个电话，说他怀疑是某某干的。这还不算，要你立即对怀疑对象展开调查，比如搜查住宅、监控电话，甚至跟踪。我最烦他盛气凌人的口气，好像我是他的一名手下。”

“也许，总裁都是这个样子。”我说，“长期在工作中形成的霸道作风。”

“可不是吗。我们走访了包括管理层在内的很多员工，他们都敢怒不敢言。在爱佳，没人敢挑战艾阳的权威。是的，艾阳带领爱佳从一个街道小作坊一步步地发展成为国内行业龙头，的确创造了一个神话。不过，现在越来越跟不上趟了。爱佳近几年的业绩直线下滑，八家分公司有七家出现了亏损。事实上，公司内部早有人提出全屋定制，但被艾阳一票否决。他的理由是，爱佳应该致力于打造国际一流品牌而不应该随波逐流。据我的了解，爱佳目前已经处于负资产状态。多数人认为，如果艾阳继续掌舵，这艘巨轮可谓危在旦夕。”

“他意识不到自己的决策失误吗？”我问。

“鬼知道呢！”阿金说，“也许，只是没有勇气面对罢了。像他这种强势人物，是不会轻易承认失误的。你说呢？”

“我想跟他见个面。”我说。

“没问题。”阿金说，“不过，我提醒你：这家伙有点臭脾气。”

抵达爱佳大厦后，我们径直来到位于三十六楼的总裁办公室。

艾阳亲自相迎。他的形象有些出乎意料：身材矮小，头发谢顶，脸色灰暗、浮肿。

阿金做了介绍后，艾阳请我在沙发上就坐。

“开门见山地说，我对你们目前的工作并不满意。”艾阳不耐烦地摆了摆手，“这个坏蛋可以说有恃无恐。他接二连三地写信，是因为直到今天，你们仍然无动于衷，没有采取任何有效措施。你们应该看过这些信，难道不觉得他越来越猖狂了吗？他肯定还会继续写下去，直到我乖乖地给他打钱！”

“并不是这样。”阿金解释说，“我们认为，这起案件并非个案，很可能是跟网络犯罪有关的系列案件。我们做了大量的调查，包括运用大数据进行筛查……”

“不要在我面前提什么网络和大数据！”艾阳打断说，“我是个讲求实效的人，只对结果感兴趣！”

阿金无言以对。

“您是这方面的专家，”艾阳用审视的眼光朝我看过来，“我很想听听您的高见。”

“我只能从专业的角度略谈一二。”我说，“其一，三封信格式工整、条理清晰，话语间透露出几分沉稳老练。单纯从语言来看，写信的应该是个中年人；其二，行文看似轻松随意实则处心积虑，信中多处出现刻意掩饰的痕迹，似乎有意想把自己装扮成一个局外人。”我接着说，“反向推断，写信的人对爱佳公司非常熟悉。我认为，这个人应该是公司内部人员。”

此话一出，艾阳从沙发上立马欠起身来。“您的推断实在精妙，跟艾某的想法不谋而合！”他激动地说，“写信的人只是打着外人的幌子，实际上就隐藏在这栋大楼里。古人说，江山立，谋臣亡。董事局的那帮人早就看我不顺眼了——说我独断专行、搞一言堂；说我思想落伍、不能与时俱进——目的只有一个，想把我从总裁的位置上拉下来，用其他人取而代之。这帮无耻小人，最擅长的就是背后耍阴谋诡计。我敢肯定，这件事是他们一手策划的！”

“呵呵，您应该倍感荣幸。公司上下，一直把您奉若神明，认为您无所不能。”我笑着说，“但您毕竟是人，是人就不可能没有缺点。据我所知，近年来爱佳公司的营收业绩持续下滑，高层有人力推全屋定制。不过，这一建议并没有得到您的首肯。当然，我是个彻头彻尾的门外汉，可依然懂得顺应市场的重要性。是呀，营收业绩就说明了这一点。”

艾阳的脸色变得非常难看。阿金不停地揉搓鼻子，似乎担心对方随时有可能被激怒。

我撇了一眼面前的茶几，上面放着一副老花镜和一本书。

“《博弈三国》，我也有一本。”我说，“这本书很有意思，将三国的谋略应用到危机处理。正如书的副标题——‘精于博弈之道，方能永立桥头’。当危机来临的时候，不要硬碰硬，可以制造一个新的矛盾。这样既能转移敌方的注意力，又能破坏敌方的团结，让他们陷入内部纷争，从而彻底地失去斗志。用主动制造纷争的方式化解危机——这更像是一种常见的政治手腕。作者的观点，还真有些独到之处。”

余光看去，艾阳的表情显得分外凝重。

“我倒是认为，博弈之道在于把控全局和瞅准时机。倘若急于求成或者一意孤行，反倒落得个弄巧成拙呀。”我哈哈一笑，“当然，这纯属题外话。”

再看，艾阳正双手抚面，颓然地坐在那里。

回来的路上，阿金一副懵头懵脑的样子。看得出来，他有很多疑问憋在肚子里。

“你早就知道答案了，是吗？”他终于憋不住了。

“说实话，”我说，“看完第四封信，我才明白是怎么回事。”

“你应该早点告诉我。刚才我看起来，活像个傻瓜！”他斜着眼睛看过来，“跟我说说，到底怎么回事。”

看他急不可耐的样子，我忍不住暗自发笑。

“前三封信，就不多说了。你知道的，我认为嫌疑人具有偏执型人格障碍倾向。”我说，“当看到第四封信的时候，我发现嫌疑人的心理问题比之前估计的要严重得多。通篇语句松散、逻辑混乱，充满对他人的指责和无端猜忌。随着情绪语言的增多，嫌疑人的焦躁情绪也逐步升级，最终转化为无法遏制的偏执性妄想。纵观全文，无不反映出一个妄想狂的语言特征。”

“妄想狂？”

“或者叫偏执狂，是偏执型人格障碍的一种表现。不同于普通的人格障碍，你从这种人身上看不到任何精神疾病的症状。也就是说，这种人表面看上去非常正常。”我接着说，“如果之前我没有完全弄懂嫌疑人的心理动因，那么现在，他的真实意图已经清晰地呈现出来了。信中多次将矛头指向‘身边的人’，指责他们‘一心想搞垮公司’和‘希望您早点被抓进去’，等等——这属于妄想狂具有的最典型的特征——强烈的被害妄想！”

“嗯，艾阳一直疑神疑鬼，总觉得有人在暗中陷害他。”阿金若有所悟，“你说这种人表面看上去非常正常，有个问题：他是否意识到自己有心理疾病，或者知道自己是个妄想狂？”

“应该意识不到。”我说，“妄想狂往往在加害和被害之间不断转换角色。比如说：艾阳在写信的时候以加害者的角色出现，而收信的时候又变成了受害者。不同于双重人格的人格分离，妄想狂仅仅受困于不同角色的反复纠缠。但和前者一样，很难意识到自己心理出了问题。”

“看来，笔迹专家这活儿不是一般人干得了的。”阿金笑着说。

“也没那么玄。”我瞟了他一眼，“不过，得有点好眼力。”

阿金愣了一下，没有回答，似乎在解读我话里的含义。

“你今天看起来心情不错。”我说。

“可不是吗。特别是现在，可以说心情大好。”阿金夸张地咧嘴大笑，“对一名侦查员来说，没有什么比破案后的感觉更加美妙的！”

“你刚刚换了发型，胡子也刮得发青，精神面貌焕然一新。”我打量着他，“最让我惊讶的是：你今天竟然没有抽烟。”

阿金一边开车，一边得意地笑了笑。

“还记得那天的不愉快吗？”他换了一副表情，“从你那儿离开之后，我开车去了张公堤。一个人坐在堤上，冥思苦想。工作和生活被我搞得一团糟，除了赌球，心里装不下任何东西。就像一个人已经走到悬崖边缘，自己却浑然不觉。想到这儿，我真的脊背发凉。晚上，我回去了一趟，跟老婆很认真地谈了一次，就差跪下了。最后，呵呵……总算落了个留用查看、以观后效。”

我俩都笑了。

“看样子，你老婆还是菩萨心肠。”我揶揄道，“实践证明，这搓衣板政策永远是有震慑力的。”

“这可是‘《辛丑条约》’换来的。你知道她给我开出的第一个条件是什么——戒烟！”

“第二个条件是什么？”

“不要明知故问，好歹给我留点脸面。”他没好气地说，“我已经把那玩意儿卸载了，换成了骑行软件。”

“骑行软件？”

“我想参加市局警察骑行团的活动。”他冲我努了努嘴，“我知道，你是骑行团的老队员，正准备问你：你们是否愿意接受新成员？”

我笑而不答。

队友的自行车从我身边鱼贯而过。站在东湖绿道上回头张望，半天没看到阿金的身影。

几分钟后，他撇撇歪歪地追赶上来了。

“加油！”我给他打气，“我觉得,你在骑行方面很有天赋。”

“别忽悠了。”他扔掉自行车，一屁股坐在地上，“这可是要把人往死里整。”

骑行服里传来手机提示音，他从口袋里掏出手机。

“见鬼！”他一脸惊愕地盯着手机，“不可能吧——艾阳又收到一封信！”

“写的什么？”我说，“念给我听听！”

阿金开始一句、一句地朗读：

艾总：

收到这封信时，请不必多虑。这是一封道歉信。

我的多次来信打搅了您的工作和生活，在此深表歉意。

不得不说，在写信的这段时间里，我的内心无时不刻被焦虑、矛盾和悔恨所占据。回想起来，我是多么的糊涂。当然，还有该死的冲动，否则，就不会莽撞地给你写信了。是无端的猜忌和怀疑，让我失去了理智。真的希望这件事根本就没有发生过。

这两天，我始终在深刻反省。为了将自己从不能自拔的痛苦中解脱出来，我去看了心理医生。在心理医生的分析和指导下，我得以认清自己。这么说似乎有些可笑，但之前我根本没有意识到自己人格面的异常。正是有了医生的开导和建议，我才鼓起勇气写了这封信。

经过诊断，心理医生认为我具有偏执型人格障碍，兼有妄想症的多种症状。这些症状包括：对周围的事物过度敏感和警觉；对几乎所有的人感到怀疑；自我要求非常高，对他人的要求也同样高，可以说是苛求；心胸狭隘，喜欢妒忌他人，总认为自己最优秀；不能容忍丝毫的侮辱和轻视，否则会勃然大怒；习惯对他人持有戒备和敌意态度，始终处于紧张、焦虑状态，极少有开心的时候；因为内心恐惧而胡乱猜测，坚信有人在议论、诬陷、迫害或暗算自己。

当我把四封信的复印件递给医生时，他吓得半天说不出话来。他发现，我的病情比他想象的要严重得多。他问我，是否意识到自己的行为已经触犯刑律。我说，我当然意识到了，只不过无法控制自己不去这么做。

医生说他很欣慰，妄想症患者虽然能够意识到自己的问题，但像我这样主动寻求治疗并且坦言相告的少之甚少；他说妄想症并没有想象中的那么可怕，只是一种人格障碍而非精神疾病，只要积极配合治疗完全可以康复。针对我的病情，他制定了一套治疗方案。目前，我正在接受药物治疗，感觉自己已经逐渐清醒和冷静下来，精神负担也减轻了很多。不像过去，整天处于狂躁和抑郁之间，真的非常痛苦。

一切只是一个新的开始，对我来说还不算太晚。我的无端猜忌伤害过太多的人，现在需要一笔笔偿还。用医生的话说，要学会用爱的目光去看待身边的人和事物。

医生建议我向警方自首；同时安慰我说，他愿意作为证人或者鉴定人向警方证实我的病情。他还专门咨询了律师。律师认为，我的行为虽然造成了一定的社会影响，但没有形成对他人的危害——鉴于特定的精神状态，应该免于处罚。即使这样，我也没有勇气自首。所以，最终选择了写信的方式——一来向您表达歉意；二来当警方得到这封信的时候，也可以视作我的坦白。

我真诚地希望得到您的谅解。当然，也包括您的同事。之前，我对他们的大肆抹黑是毫无根据的，纯粹出于一种病态的恶意。

希望您忘了这件不愉快的事，带领爱佳公司再创辉煌！

“这封信不是艾阳写的。”阿金思索着说。

“想要知道答案，首先要弄清楚写这封信的目的。”我说，“对收信人来说，这封信是一个很好的提醒，让他能够意识到自己的问题从而及早就医。”

“关键是借坡下驴，帮收信人保全了脸面。”阿金似乎悟出了玄机。

“无论从哪方面来说，直接戳穿都不是上策。”我会心一笑，“你说呢？”

“我明白了。”阿金用狐疑的目光看过来，“可真有你的，竟然背着我来这手。我可警告你：再这么干，可得事先打个招呼。这不是明摆着把人当傻子吗！？”

“别耍嘴皮子了，走吧。”我把他从地上拽起来，“团队活动，尽量不要掉队。”

我猛踩踏板，自行车一路飞驰。回头看去，阿金正紧紧跟随，奋起直追。

这小子肯定还在生闷气，我得甩他一段距离。不然，又得听他的唠唠叨叨。

晌　午

晌午的时候，我跟大嘴沿着一条七弯八拐的管道，爬到了通风口。这是一栋早已废弃的厂房，在炎炎烈日下一片死寂。

从这里，可以清楚地看到对面的情况。对面是香槐旅馆，一家偏僻的廉价旅馆。

通风口很狭窄，两个人只能肩并肩挤在一起。不知道大嘴为什么选择这个鬼地方，他很蠢，办起事来很少让我满意。

我感觉到轻微的抖动。管道里面锈迹斑斑，尽是灰尘和蜘蛛网，让人觉得它已经不堪重负。很快，我发现不是那么回事——是大嘴，他浑身在发抖。

“别怕！又不是要你杀人。”我瞪了他一眼。

他傻傻地点了点头，手里的奶头锤子却不停地颤抖着。这令我很心烦。

“蠢货！你能不能把它别在腰上！”我朝他吼了一句。

我们在等待莎莎的出现，还有她的情人。

我要惩罚这对狗男女。

“婊子养的！”我骂的是莎莎。

莎莎是我的情妇。她丰乳肥臀，是我喜欢的类型。我从牢里出来就跟她好上了，算起来已经有五六年了。她是个不错的女人，床上功夫了得，而且善解人意。最重要的是，还能帮我照看场子上的事情。

不过，这都成为过去了。自从另有新欢后，她开始胳臂肘往外拐。最近我才发现，我的大部分钱款都被她卷走了。

她应该得到报应！

“强哥，她……会来吗？”大嘴额头上正在冒汗。也许因为紧张，也许因为两个人挤在一起。

“别问这种蠢问题！她一定会来，没人比我更了

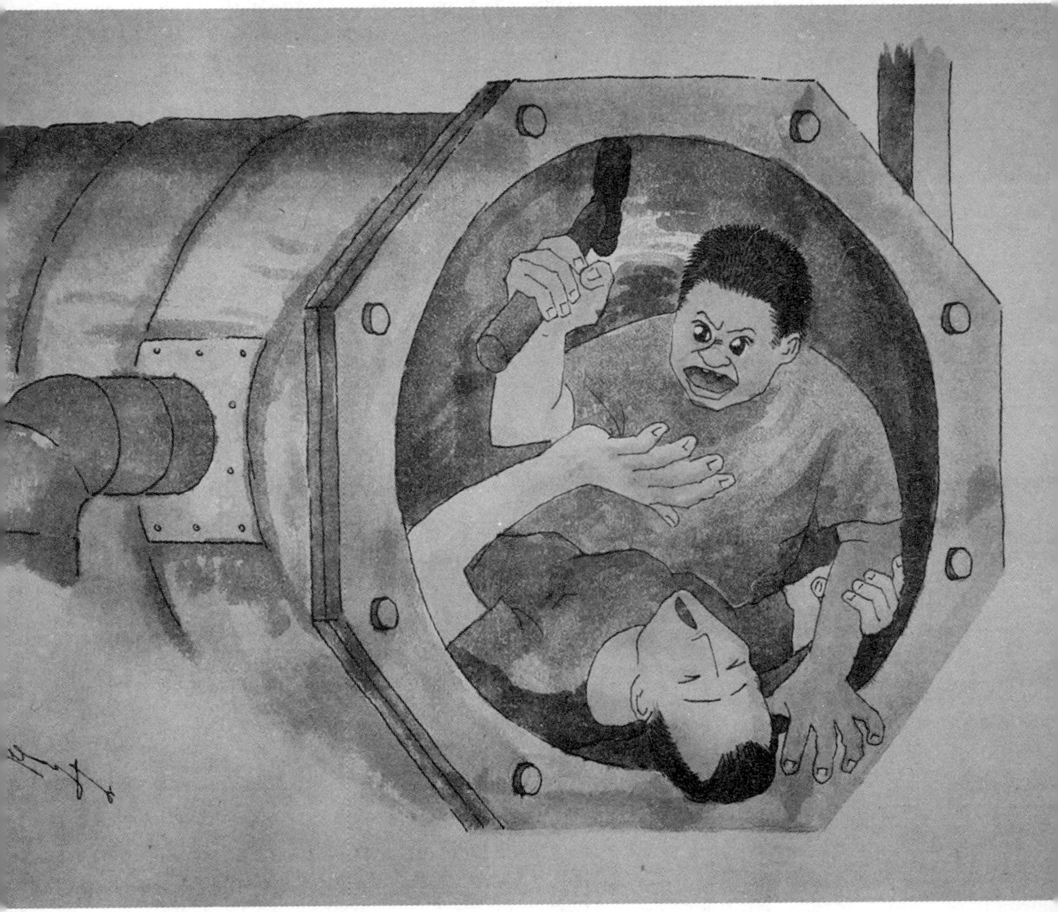

解她!”

这是事实。我知道她的活动轨迹——每个星期五的下午，她都会外出，谎称去看姨妈。我后来查了，根本不是那么回事。

她出去，是为了跟情人幽会。想到这里，我就牙根痒痒。

“你怎么知道……她会来这儿?”

“我当然知道。我在她包里发现了一把钥匙，上面有钥匙牌——香槐旅馆的钥匙牌。”说完，我挪动了一下，腰间的匕首有点硌人。

我警惕地看着外面。

“记得有阵子……你说……要娶她当老婆。”大嘴没话找话。

也许，这样能让他放松一点。他说起话来总是吞吞吐吐。这跟性格有关，他是那种磨磨叽叽的人。

“不错，我说过。不过，你也知道，那不是真的。我们这号人需要女人，但不需要老婆。老婆只会啰里啰唆，碍手碍脚。”我蹭了蹭鼻子，“是的，这婊子挺对我的胃口，而且很听话——让她干什么她就干什么。可是——你他妈问这干吗?”

“也许……她是看不到希望……才会干出这种事情。”

“希望？我给她买房买车，把场子全部交给她来管——我对她，比谁都信任。”我有些气不打一处来，“你知道吗，这叫背叛！这个婊子背叛了我！”

“我想，她这么做……也许是有原因的。”

“放屁！有什么原因？唯一的原因是我对她太好、太信任！现在，她竟然想把我的钱卷走，跟别人远走高飞——想都别想！我不会让她得逞的。你知道，那是我的钱，我的钱！”

大嘴不敢再说什么，他知道我已经怒火中烧了。

“这个婊子不能这么做，这叫忘恩负义。你知道，是我给了她现在的一切！”我又说了一句。

半天，我才平息下来。

我看了看表。按估算，她很快就会出现在旅馆门口。

对今天的行动，我早有预谋。莎莎进门后，我跟大嘴从这里撤离。我们穿过马路，走进旅馆。然后，找到房间。我会掏出一把事先配好的钥匙，用它打开房门。

这时，可能出现两种情形。一种情形是：她的情人等候已久，他俩被堵在房间里。大嘴负责控制男的，由我来对付莎莎。我要她交出银行卡和密码；之后，诘问为什么要这么做。我要用匕首在她脸上划一道长长的疤痕，让这婊子永远没脸见人！至于她的情人，当大嘴用锤子猛击他的膝盖时，他一定会发出撕心裂肺的喊叫。当然，他嘴上缠绕的胶带能有效地阻隔这种声音。另一种情形是：她比情人先到一步。我跟大嘴把她牢牢控制住，然后守株待兔……

我的手摸索着，想要掏烟抽，顺带把口罩和手套拽了出来。为了避免日后被警方调查，我还伪造了一系列不在场的证据。我可没少学这方面的知识。我想，我的计划是周密的，谁也抓不到我的把柄。

大嘴毛手毛脚地给我点着，手里的锤子差点砸到我的脸。我冲口而出，骂了一句。

本来我不想让他当我的帮手，他太蠢。不过，我看中的是他的实诚，从不多说一句。这点，我倒是很放心的。我们是在牢里认识的，出来后他一直跟着我混。

我又看了看表，心里有些纳闷。

大嘴嘟囔道："我看……她不会来了。"

"不会。也许正在附近停车呢。或者碰到什么熟人了，只能耐着性子聊上几句。"

"可是……我还是有种预感。"

"预感？预感什么？"

"预感她不会来了。"

"蠢货！收起你的狗屁预感！你只是害怕了，害怕又回到该死的监狱！"说完，我瞟了他一下。

他的脸色有些不对劲。

"别担心！"我安慰说，"又不是去杀人，我们只是教训教训这对狗男女。我只想拿回属于我的钱！"

"可是……可是，强哥，现在……我下不了手，我真的下不了手……我求你了！"他近乎哽咽地说。

"行了！胆小如鼠的家伙！"我厉声说，"害怕的话，为什么不早说呢？现在说这话，太迟了！"

他失声抽泣起来，拿着锤子的手抖得更加厉害了。

"你这个蠢货！"我简直气急败坏起来。如果他打退堂鼓，我的计划就会全泡汤。"现在没有退路了。今天，你干也得干，不干也得干！"

看来，只有用刀抵着脖子他才肯就范了！

我得吓唬、吓唬这个笨蛋！我试图拔出匕首。可手刚刚碰到刀柄，头上就重重地挨了一下。接着，是第二下，第三下。

血顺着脸颊流下来，眼前一片暗红。

“她不会来了。我说过，她不会来了！”大嘴歇斯底里地嚷嚷了两声。

我挣扎着，徒劳地张大嘴。不过，一句话也说不出来。

“她在停车场等我！我们约好在那里见面，然后离开这里，永远地离开这里……”他的声音听上去很陌生，跟之前判若两人。

我的喉咙咕噜了两下，血和痰堵住了我的气管。

“是的，你说得对。她很听话，让她干什么她就干什么。在你眼里，她只是一件工具，仅此而已。这不是她想要的。她是个女人，尽管落入风尘，但还是希望能过上正常人的生活——老老实实地嫁个人，安安稳稳地过日子。”他喘了口气，“我也一样。成天像狗一样被你呼来唤去，已经受够了。不，我们已经受够了！”

他摸了摸我的口袋，从里面拿走那把房间钥匙。

“这不是我的主意。可莎莎说得对，不杀死你，我们就没法脱身。”他再次举起了锤子，“强哥，不要怪我们心狠！这都是你逼的！”

——这是致命的一击。

我已经面目全非了。尽管意识还没有彻底丧失，但不会支撑很久。

我听见他窸窸窣窣地爬出管道。之后，就什么也听不到了。

很快，我就会死去。这个鬼地方是藏匿尸体的绝佳去处。现在我才明白，当初他为什么选择这里。

大嘴一点也不蠢。

不出半个月，我就会变成一具风干的木乃伊。除了腰间的匕首，身无一物。

即使最终被人发现，很清楚——我是自己爬进来的。

至于为什么爬进来，就不得而知了。

玫瑰色发卡

现在是金秋，一年中最好的季节，树木葱郁，夹杂着朵朵耀眼的黄色和红色的花。从鸡公山半山腰远眺，天高云淡，晴空万里。

在这样的美景里，心情自然很好。阿芸额头上沁着汗，脸颊泛起一片红晕。我们刚刚沿着山路徒步走上来，在这片开阔的岩石间小憩。

“太美了!”她喝了一口矿泉水，然后递给我。“真好！你看，只有我们两个人。”她背着双肩包，一身游客打扮。

“这里是避暑胜地。现在是淡季，所以没什么人。”

我也抿了一口，说，“多安静啊！听，是山风吹过的声音。”

“我喜欢这里。”她脸上洋溢着幸福的微笑。

是的，我也喜欢这里。

昨天，我们还在人头攒动的国际会展中心紧张地度过分分秒秒，时刻保持着十二分的警惕。所幸我们成功了。现在唯一要做的是，让绷得紧紧的弦慢慢地、慢慢地放松下来。

登山包很沉，我把它解了下来。里面装着露营的全套装备。这些东西昨晚派上了大用场，我们在山脚下安营扎寨，度过了一个愉快的夜晚。我们坦露内心，相互表白。重要的是，她把钥匙给了我。

她蹦蹦跳跳地朝不远处的山坡走去。那儿盛开着一片野菊花。

“当心点！”我喊了一句。

她是个活泼机灵的女孩。非常机灵。

一阵山风吹来，把我的思绪带到昨天——武汉国际会展中心。

人潮如织。中央的 T 台上是绚丽多姿的模特秀，晶莹剔透的背景墙闪烁着“2015 武汉国际珠宝展”的显目标识。我坐在离 T 台不远的展柜前，它属于一个知名的珠宝品牌。这里处于整个展区中央，我身后站着两名全副武装的保安。三名漂亮而且热情的导购员向我推荐了几款钻石项链，我不感兴趣。我指了指一旁的独立展柜，里面摆放着十几颗钻石。她们给我拿来一颗白色钻石，通体透明，切工完美。我又选了稍小的一颗浅蓝色钻石。这时，一名导购把先前的白色钻石收起来，准备放回展柜。我让她等等，说是想比较一下。她有些犹豫，可能这样不符合规定，但最终还是按我说的做了。也许因为我的诚意，或者我手腕上的百达翡丽，以及手里的保时捷车钥匙。随后，我又挑了一颗粉色钻石。导购介绍说，这是一颗彩钻，属于罕见的极品。当我用十倍放大镜仔细鉴赏三颗钻石时，一个女孩“扑通”一下，摔倒在我的脚下。我连忙将她扶起来。

看样子是一名工作人员，穿着上白下黑的套装，胸前佩戴着证件，手里的资料散落一地。她一边收拾资料，一边充满歉意地对我说：“对不起，我没有看到这只手提包。”

那是我的手提包。我说：“应该我说‘对不起’。

我不该把它放在过道上。”

她涨红了脸，摆摆手连声说：“没关系，没关系！怪我走路不小心。”

望着她匆匆离去的背影，我喃喃地说：“不错的女孩，非常可爱。”说着，我又回到展台前。几分钟后，我对漂亮的导购说：“非常好的东西！不过，我还想到别的地方逛一逛。”

四十分钟后，我来到光谷购物广场，在一家户外用品店找到她。她换下那身职业套装，正在试穿一件迷彩色的紧身背心。她身材匀称性感，周身散发着活力。

又过了四十分钟，我们已经紧紧依偎在一起了，在北上的列车里。从武昌站出发，第三站就是鸡公山——一处不算著名的风景区，位于鄂豫交界的大别山西麓。这儿离武汉很近，不到三个小时的路程，但隶属河南省，相对来说较安全。还有一点，我来过鸡公山多次，对这里很熟悉。

“货存好了吗？”我问她。

她懂我的意思，变戏法般的拎起一把钥匙，在我眼前晃了两下。是一把细长的亮晶晶的钥匙，带钥匙环，上面挂着一个不锈钢钥匙牌。我知道，这是招商银行的保险箱钥匙。

我瞟了一眼钥匙牌上的钢印数字，一长串，看不太清楚。

“先输入密码，然后把钥匙插进去就行。很方便，你说呢？”她朝我眨巴一下眼睛。她是个机灵鬼。

事实上，全部作案过程都是她设计的。在展会之前，我们查阅了这家公司的资料，包括钻石名录，然后委托一家珠宝行复制了几件样品。当然是赝品，人造材料，却几可乱真。在前天的开幕式上，她混入人群，观察了这家公司的展台，确认有三颗，也就是我昨天挑选的那三颗钻石，正在展柜里躺着。昨天，当我装模作样地挑选钻石的时候，她故意摔倒在我身边。在我扭头的一瞬间，谁也没有发现一个细小动作：我的衣袖顺势在玻璃台板上擦拭了一下，三颗钻戒随之晃动。谁也不会想到，此刻钻石已经被我调包。真正的钻石落入我右手手心。当我搀扶她的同时，钻石顺势滑入她的口袋。之后，她快步走向侧门，在一个僻静的角落更换了服装和发型。然后，顺着电动扶梯来到一层的招商银行。打开提前预订的保险箱，她把钻石放了进去。

整个过程就是这样，并不复杂。唯一的关键环节是，如何在瞬间将钻石调包。对常人来说，这很难做到。但对于狂热的魔术爱好者来说，只是小菜一碟。

细说起来，我跟阿芸是通过“异度空间”认识的——一个由魔术爱好者组成的微信群。里头的人不外乎两种：一是渴望成为魔术师的妄想狂，另外则是江湖骗子。我跟阿芸无疑属于后者。她十三岁失身，十四岁开始流落街头。我从没问她经历过什么，感觉她什么都经历过。她说她今年二十六岁，我看她顶多二十二岁，也许更小。我呢，上过三年大学，是职业技术学院；之后做销售，从一个行当跨到另一个行当——就这样，稀里糊涂混到三十岁。我不想这么继续下去，想安定下来，干点具体的事情，自己当老板，哪怕是再小的老板。我不想打工了，那样永无出头之日。我认识了阿芸，我们一拍即合。

钥匙在眼前晃来晃去，我伸手抓了一下，却倏地不见了。

她做了一个鬼脸。

“把它收好！要不给我！”我烦她这样。这么变来变去，我还真有点担心。

“才不！看把你急的，难道它比我还重要？”她嘟哝道。

最初，我们只是搭档，但渐渐地，这种关系发生了变化。

“别弄丢了。”我降低了音调，“你就不能换个别的玩意儿吗？”

她冲我挤了挤眼睛，突然将粉粉的拳头伸过来，“猜猜，里面是什么？”

没待我回答，她就摊开手掌，是个玫瑰色发卡。接着，她把手掌翻过来，发卡像被粘住一样，纹丝不动。

我耸了耸眉毛。她就是这个样子，爱搞怪，喜欢调皮捣蛋。我拿她没辙。

这都是昨天的事情，火车上的情景。

此刻，她朝我走过来，一脸的阳光灿烂。

她把一束野菊花插在我的登山包上，我们继续朝山顶进发。

昨晚，我们整夜缠绵。我们憧憬美好的未来，买房买车，然后结婚生子。还要开一家夫妻店，卖各种各样稀奇古怪的魔术玩具。我们很有信心，因为我们有很多热衷于此的朋友。简单估算了一下，三颗钻石出手后，足以应付所有开销。

最后，当美好的蓝图绘制完毕，她将钥匙郑重地放进我的口袋——冲锋衣外侧的口袋，紧贴着我的胸口。她的动作更像是一种仪式。我知道，她把一切全都托付给了我。

抬眼望去，离山顶已经不远了。顶峰如金鸡报晓，鸡公山因此而得名。

在一个岔道口，我停了下来。这里有条杂草丛生的小路。

“好像就是这条路。”我说。

“从这儿可以去山顶吗？”

我摇了摇头：“通往天坑。”

“天坑？导游图上好像没有耶。”

“是的。看来，一直没有开发。十年前，我跟同学春游的时候来过，一个很大的天然坑洞。”

“你确信？”

我点了点头，“想去吗？”

“好哇，一定很有意思！”

随后，是一段探险之旅。沿途荆棘密布，我们时走时停，不过感觉很刺激、很过瘾。

约摸半个小时以后，眼前变得豁然开朗。这里四面环山，中间是一个直径二十米左右的黑黢黢的洞口。

“哇，好漂亮！我们过去看一看！”她的好奇心又开始作怪了。

我牵着她的手，小心翼翼地朝洞口走去。

“简直……太神奇了！”她探出身子，往里头看了看。

“当心点！”我紧紧抓住她伸给我的那只手，“这样很危险。”

“很深，什么都看不见。你能过来一点吗？”她轻轻拽了我的手。

我往前挪近一步。这一步显然有些大，有些超乎她的预料。

她趔趄了两下，试图找回平衡。不过，没有成功。她本能地想抓住我，或者希望我能抓住她。但这仅仅是一厢情愿。我看见，她的两只手在半空中胡乱挥舞；随后，她仰面坠落下去……

等一切归于静寂之后，我沿原路返回。

她的确是个可爱的女孩，但我从来没有爱过她。

是的，昨晚我言不由衷地说了很多话。但那只是为了得到保险箱钥匙。我能肯定，她不是我想要的那种女孩。

我想要什么样的女孩？温柔贤惠，善解人意，懂得如何相夫教子？也许是吧。

也许，我从未认真思考过这个问题。

再说一遍，她不是我想要的那种女孩。

她太疯，太机灵，太有心计。跟她在一起，最终我只会任由她摆布。

我不由自主地摸了摸胸前的口袋。钥匙在里面，很好。

但我很快意识到了什么，手伸进口袋……

我看了看手里的东西，它不是钥匙，是一个发卡，一个玫瑰色发卡。

山风吹来，我的脑子一片空白……

变 焦

我喜欢捣鼓相机。其实，我对拍的内容并无多大兴趣，倒觉得拍照的方式——不断调整焦距，让景物由虚入实或者由实入虚——很有意思。渐渐地，我发觉变焦是一种哲学，既可以使模糊不清的事物还原其本来面目，也能让显而易见的事物变得一片朦胧。

作为一名画像专家，我觉得，变焦的原理同样适用于画像。目击者的记忆总是游离于虚实之间，对记忆的探寻犹如雾里看花。若想看到最真实的一面，只能不断地调整焦距。我将这一过程称为“记忆的变焦”。

当我一脚踏进电梯的时候，又不由自主地联想起了变焦。

住院部十二楼 1203 病房。是我这就要去的地方。

我即将面对的目击者，是一个什么样的人？

鬼知道。画像专家永远无权选择目击者。这是铁定的事。后者的认知习惯以及观察目的和动机各有不同——恐怕连他们自己，都说不出个所以然。

出发之前，我只是习惯性地瞅了电脑上的警情通报。这起案件发生在前天晚上十点左右，犯罪嫌疑人潜入某住户家中，持钝器将一名十四岁的女孩残忍地杀害，之后移尸卫生间。凶手正待逃离时，跟碰巧回家的死者母亲遭遇，又将其打伤。

死者母亲名叫徐丹妮，现年四十岁。她就是我即将面对的人——既是目击者，又是受害人。这很正常。在我所接触的案子里，经常会遇到这种情况。特别之处在于，通报上写着：受害人因头面部受伤，暂不能自主表达。对画像专家而言，一个不能开口的目击者无异于难啃的骨头。

当我继续往下浏览时，脑门不由得冒起烟来。不是因为目击者，而是因为这起案件的承办人杜凡——江岸

分局刑侦大队副大队长，一个长相精明、油腔滑调的家伙。上次那起纵火案，他找到的所谓目击者其实是个道听途说的臆想狂，我差点被带进沟里。画像三易其稿，让侦查员无所适从，局长也对我冷眼相看。关键时刻，幸亏真正的目击者主动现身。否则，真不知要如何收场。没想到，承办这起案件的又是此人。

电梯门即将关闭的时候，传来连连的呼喊声。紧接着，一只手从门缝伸了进来——指头上挂着好几只方便袋，露出油条、豆浆、热干面之类的早餐。我连忙按下开门键，挤进来一位中年女士。我问她去几楼，她回答说十二楼。于是，我把手从控制面板上缩了回来。电梯上行，我用余光习惯性地瞅了她几眼。她戴着一枚分量不小的金戒指，与项链、耳坠花色统一。这些首饰跟身上的碎花连衣裙一样，有一种说不出的老套。至于她的模样，属于那种能瞬间淹没在茫茫人海中的类型。如果非得说相貌特征，要数她不太自然的上眼睑——留有双眼皮手术的疤痕。这次手术看上去并不成功，我想应该是多年以前的事了。就当下而言，这种技术已经相当成熟了。

“叮铃”一声，电梯门开启后，我紧跟她走了出去。当我俩一并站在 1203 病房门口时，都有点明白了。

“你是受害人家属吧。”我说。

“可以这么说。我是丹妮的好朋友。”她看了一眼我手里的工具箱，“你是画像专家吧。杜警官说你今天要来。看，我给你准备了早餐。”

推门看见杜凡。

“你们……认识？”他有点诧异。

“刚刚认识，”我说，“还不知道怎么称呼。”

“于红。”她干脆地回答。一边绕到床头，麻利地清理床头柜上的东西。

病床上的人头上裹满纱布，只露出肿胀的眼睛。

“受害人昨天才从手术室出来，我跟医生好说歹说才得‘恩准’，但只给了一小时。”杜凡说，“时间很紧，我先把案情介绍一下。受害人回家发现女儿的房门开着，地板上有血，随后听到客厅有响动，就跑了出来，正好跟犯罪嫌疑人遭遇。她看到了对方，所以我们想绘制一张犯罪嫌疑人的摹拟像。只是她的头部多处受伤，特别是下颌，暂时不能开口说话。不过，也许于红可以帮上忙，她懂受害人的意思。”

“是这样，”于红在一旁说，“我们是多年的好姐妹——一起读卫校，一起分配到冶金医院；后来单位改制，又一起办理了提前退休手续。”说到这里，她叹了口气。“我们这代人，可什么都赶上了。丹妮还经历了离婚。她老公挺会做生意的，后来有了外遇，偷偷生了个儿子。好在他还有点良心，给丹妮留了一笔钱，还有筱茉……”

我发现，于红说话的时候右眼皮偶尔会神经性地颤动。这进一步证明，她的双眼皮手术不太成功。

“她们彼此非常了解。”杜凡说，“于红是个不错的翻译。”

“但愿如此。不过，我想问你，你确信受害人看到了凶手？”我对上次的经历心有余悸。

“放心，是目击者昨天亲口说的——”随后，他做了一个纠正的手势，“我的意思是，于红能读懂她的意思。她说，犯罪嫌疑人穿着一件迷彩服。”

“是的。”于红证实说，“长袖的迷彩服。”

“长袖迷彩服？”

“没错，伙计。”杜凡抢着说，“对你来说，绝对小菜一碟。跟上次的纵火案相比，这次的条件要好得多……”

我瞪了他一眼，他知趣地闭上了嘴。

“你看到他了——我指的是凶手。”我坐在床头右侧的折叠椅上。

受害人点了点头。之前，我让于红调整了床垫的角度，让受害人保持半躺的姿势。

“好样的，丹妮！就这样，非常好。”于红鼓励说。她坐在我对面，拿湿棉签涂抹丹妮皲裂的嘴唇。

相对于正常状态下面对面的沟通方式，这种三角形的位置关系看上去有点别扭，但只能这样。

至于杜凡，在接到一个电话后就消失了。也好，他在这里反倒显得碍手碍脚。

“你是十点左右回家的，你知道女儿在家里？”我问。

受害人点了一下头。

“筱茉今年读初二，九点钟结束晚自习，九点半准时回家。这个时间，她刚回来不久。”于红解释说。

“大门当时是关着的？”

点头。

“你是拿钥匙打开……还是先敲门？”

受害人做了一个用钥匙开门的动作。

“开门后，看到了什么？”

摇头。随后，指了一下天花板，又摆了摆手。

“客厅的灯没开。不过，筱茉的房门开着，里面有灯光。”于红说。之后，似乎意识到什么，又连忙补充说：“杜警官昨天问过这个问题，我在旁边。”

“然后呢？”我索性把问题抛给了于红。

“然后，丹妮喊筱茉，筱茉没有回答；丹妮来到房间……”于红朝床头瞄了一眼，“就在这个时候，丹妮听到外头有动静，就急急忙忙跑出来，看见一个穿迷彩服的人……”

“你的意思是，凶手当时就躲在屋里？”

“是的，凶手打算溜掉，偏偏这时丹妮回了。”于红说，“凶手就躲在卫生间。卫生间门框上挂着一串风铃，凶手出来的时候碰了一下。丹妮是听到风铃的声音才从房间里跑出来的。”

“好吧，接下来呢？”

“丹妮想抓住凶手，凶手拿锤子狠狠砸她，然后趁机逃走了。她挣扎着爬起来，之后来到卫生间，看见筱茉躺在里面……”

“你刚才说客厅的灯是关着的，在这种光线条件下，她能够看清凶手吗？”

“筱茉房里有灯，书桌上的台灯亮着。”

“台灯？”我把视线转向床头。

受害人点头。

“房间里的灯关着？”

她又点了点头。

“是呀，我也怀疑……”于红的眼皮又颤动了一下。

“你看见凶手穿着一件迷彩服，是吗？”我又问。

点头。

“裤子呢？”

摇头。

“鞋？”

“她没有注意这些。”于红插了一句。

我给于红递了一个眼神——我想让受害人自己表达。

随后，我从工具箱里取出一个活页本和一支记号笔，将它们递给受害人。“你可以把答案写在上面。”

我接着说，“好吧，我想知道他的年龄。”

受害人在本子上写了阿拉伯数字——“20”。

“多高？”

本子被翻到另一页，然后写上：“1 米 65。”

“体态？也就是胖瘦？”

受害人一笔一画地写了“中等”两个字。

“能看到他的表情吗？”

受害人迟疑了一下，随后，写了“惊慌”两个字。

“他看上去像哪种类型的人？我指的是身份或者职业，比如：大学生、农民工，或者街头的小混混——可以从气质类型上加以区分的。”

很清楚，我跟受害人的沟通就要进入主题了。构成一张脸的元素，不仅包括具体的轮廓和形态，还包括相应的人格特征。从某种角度看，所有的轮廓和形态都是为人格特征服务的。只有这样，一张脸看上去才会协调统一，才会显得与众不同。

这个问题让受害人陷入纠结，开始跟于红用肢体语言交流起来。几分钟后，于红对我说：“她有点拿不准，当时光线太暗了。不过……她觉得像个小混混。”

“如果再看到这个人，你能认出来吗？”

这个问题看似简单，实际上蕴含着一种记忆测量方法，我们称之为“再认测量法”。简单地说，如果对方能够肯定地回答这个问题，证明他具备再认能力。由此可以推断，目击者的记忆中确实存在着我们想要的那张脸。

点头。

“好吧，能告诉我——他的脸型吗？”

受害人用笔画了一个圆圈。

“圆脸？”

受害人摇头。随后，她将本子翻到另一页，重新画了一次。

“椭圆脸？”

受害人点了点头。接下来，她在本子上写了一个字。

“白？”我说，“你的意思是——他的皮肤很白？”

点头。

“嗯，一张白白净净的脸……已经有点感觉了。”

这么说的时候，一些大脑意象在我眼前不停翻滚起来。我略微调整焦距，想让它们变得清晰一点。

接着，我又问："就第一印象来说，这个人看上去有什么特别之处吗？"

受害人陷入思考。之后，索性闭上了眼睛。

几分钟后，她的呼吸陡然急促起来，甚至发出了令人不安的喘息。

"好了，丹妮。我们歇会儿，不想这个了好吗？"于红紧紧抓住对方的手，"别怕，我在这里……"

转而对我说："她不能想这些，她受不了……要不，等情况好一点再说。你觉得呢？"

"好吧，今天就到这儿。如果可以的话，我们明天继续。"我起身说，"请放心，不会耽误很长时间。"

"明天还要继续？"

"对，顶多一个小时。画像的依据是记忆。它们随时都有可能被遗忘，或者污染。我们不得不抓紧时间。"说完，我跟受害人打了一个招呼。

她渐渐平复下来了。

我发现，她的眼睛正死死地盯着我。

"有什么问题吗？"我问。

她将双手举在头顶，做了一个由上至下的手势。

我跟于红面面相觑。

“她的意思是……”我向于红求助。

于红也是一脸的愕然。

受害人随即拿起记号笔，在活页本上很快地写了两个字。然后，将本子递给我。

“头套?”我很惊讶。

受害人先是点头，然后又莫名其妙地摇头。

“头套……没有搞错吧，丹妮?”于红说。

我在工具箱里翻找起来。随后，将一本人像饰物图谱递给受害人。

她仔细浏览图谱。里面有各式各样的帽子，还有一些要么花里胡哨、要么稀奇古怪的饰物，包括像兔子耳朵的发卡、镶着钻石的独眼罩什么的。

她的目光最终停留在一个黑色头套上——跟侦查员实施抓捕时给犯罪嫌疑人戴的头套非常接近，唯一的差别是多了两个窟窿……

我决定对现场进行实地测量。

上车后，我面色铁青。杜凡一边开车，一边鬼鬼祟祟地瞄我，然后有一茬、没一茬地闲扯。我没有理他。

“伙计，你至少应该吭一声，现在车上只有我跟你。”他是个沉不住气的家伙。

“如果目击条件并不像你所说的那样，你应该负相应的责任。起码，应该感到羞愧！”我说这话时，杜凡正第七次瞄我。

“她说她看清楚了。她的确是这么说的。”杜凡说。

“你相信她有特异功能吗？能透过头套看清一个人的脸？”

“这我倒不敢肯定。不过，也许有其他的可能，比如：打斗过程中，受害人将凶手的头套拽了下来……”

“根本没有这种可能！”我打断说，“受害人跟凶手没有肢体接触。她刚刚靠近凶手，脑袋上就重重地挨了一下。这是你说的。”

“是的，没错。但谁也不能排除凶手在中途摘下了头套，就像小偷戴手套作案时，偶尔也会因为行动不便把手套摘下来。”

“你这是狡辩！”我恼火地说，“我不相信在一个没有开灯的黑咕隆咚的客厅里，能看到什么。”

“现在还不是争论的时候，伙计。你先暂时消消火。”

我沉默了片刻，长呼一口气说：“你应该尽到一名侦查员的职责——摸清现场情况，核实目击条件，而不是整天晃来晃去。”末了又说，“你一点都不踏实。”

“你的批评过于严厉了吧。要知道，我可没闲着。看到后座上的东西吗？头套和迷彩服。这些东西，可不会像变魔术一样变出来的。”他扬了扬眉毛，“等看了现场再说。还没到发牢骚的时候呢。”

现场位于一栋临江的公寓。这里是所谓的富人区。

开门就闻到一股怪味。我想，最初是血腥味，因为潮热，渐渐变质了。

地上有现场勘查的痕迹，包括粘贴在地板上的足迹比例尺。

大门位于客厅一侧，用玄关遮挡。对应的一侧是内走廊，连通四间卧室。另一侧是厨房和洗手间。

我们穿过内走廊，来到筱茉的房间。里面窗帘紧闭。我把房间里的灯打开，一眼就看到了地板上的血滴，已经变成深褐色。

杜凡指着书桌上的台灯和摊开的作业本，说：“这里应该是第一现场。看上去……筱茉当时正在写作业。”说着，他拿起桌上的小相框，“看，多漂亮的小女孩！”

我没有理会，转身来到洗手间。正如于红所说，门框的正中央挂着一串紫色的玻璃风铃。面盆旁边的马赛克地板上有用粉笔画出的人体轮廓，头部位置赫然可见一片已经凝固的血泊。

“现勘队的弟兄说，丹妮回来的时候，凶手就躲在这里，当时筱茉已经死了——钝器打击，脑袋都变形了。”杜凡说，“门后有重叠的鞋印，凶手在这里待了一会儿。鞋印没什么价值——拖鞋印——凶手进门后换了鞋。门框上有带血的纤维痕迹，凶手作案时戴着手套。”

杜凡像影子一样跟着我，回到客厅。这里敞亮而豪华。

“你是第几次来这儿了？”我问他。

“当天晚上来过，今天是第二次。”他问，“有什么问题吗？”

“我想知道确切的位置——受害人跟凶手在客厅里遭遇的位置。”

他得意地哼了一声，随后从屁股兜里掏出一张纸。

“不要忘了，这也是我最关心的问题。昨天晚些时候，等丹妮的状态稍稍好点后，我就核实了这件事。”

这是一张随手勾勒的草图。准确地说，是这套房子的平面图，两根红色虚线特别明显——分别从卫生间和筱茉的房间延伸至客厅，最后在玄关附近交汇。

杜凡指着玄关前面的一块椭圆形地毯说：“就在这里，她伸手想抓住对方。结果刚刚靠近，头上就重重地挨了一下。你看，这里有血滴。整个过程非常短暂，几秒钟而已。”

“要不，你委屈一下，”我朝他努了努嘴，“咱们来做个演示。”

他自认倒霉地将脑袋伸进头套。

我将客厅的窗帘逐一拉上，然后来到筱茉的房间，打开书桌上的台灯。

当风铃响起，我立刻冲了出去……

我从地毯上爬起来，拍拍手说：“什么都看不清楚，除了你身上的迷彩服。”

“我也有同感。”他摘下头套。

“我敢肯定，在紧张慌乱的状态下，受害人看到的只是一团黑影。”

“见鬼，这到底是怎么回事……因为受了刺激？或者极度的悲痛？”他摸了摸鼻子，“也许只是幻觉，让她误以为自己看到了凶手，其实根本没有这回事。对了，我想起来了，你曾经说过‘创伤后应激反应’的两种症状：一种是尽量让自己忘记这件事情；另一种则截然相反，会拼命地胡思乱想……丹妮可能属于后一种情形。”接着，他不无沮丧地说，“很抱歉，伙计。这的确是个错误。我原以为……现在看来……好吧，我接受你的批评。你批评得没错，我的确……不够踏实。”

我突然有点想笑。不过，没有理他，而是走到门口，反复按了房灯的开关。

杜凡先是不解地看着我，随后挠了挠脑袋。“难道房灯和台灯当时都亮着？”他自言自语，“肯定是的，客厅的灯当时亮着。应该是这样。”

我快步走到窗前，刷地拉开窗帘，屋里瞬间亮堂起来。我凝神窗外，往远处望去，是一片朦胧的江景。在层层雾霾笼罩下，对岸的建筑露出依稀的轮廓。

“知道我为什么喜欢这个工作吗？对我来说，每一次目击活动和每一个目击者都全然不同，不仅需要启发和挖掘，更重要的是从一团迷雾中寻找真相。这是一件多么有意思的事情!”我看了一眼身旁的同伴，“现在，你是不是认为，我应该拎着箱子灰溜溜地滚蛋了?”

“我可没这么想。”杜凡说，“可是……就像刚才看到的，现场的目击条件根本达不到摹拟画像的要求，丹妮什么都没有看到，她脑袋里的那张脸与其说是记忆，倒不如说是她的凭空臆想。我想问你，明天还要继续吗?”

我没有回答，只是突然问他：“爱玩相机吗?”

不用看，我也知道他的表情。我不想再卖关子了，这家伙今天也够受的了。

“用相机拍照的时候，我有一个体会——当你紧盯一个物体时，焦点也全部集中在这个物体上，而背景以及周围的事物自然会被忽略，变得一片模糊。同样，对记忆的搜索和甄别也是如此。不要紧盯某个看似重要的细节，要将它融入一个整体，跟其他的细节结合起来。”我做了一个变焦的动作，“不妨调整一下你的焦距，肯定会有新发现。”

我身旁的家伙一头雾水地看着我。我拍了一下他的肩膀，“我想了解一下详细的勘查结果。我有个直觉，有些事情如果想明白了，画像不是难事。”

在灯下翻阅现场勘查笔录时，我看了看表，正好是晚上十点——跟案发时间相近，我下意识地朝客厅瞥了一眼。笔录上说：门窗未见异常痕迹；第一现场在筱茉的房间；第二现场在卫生间，筱茉身穿睡衣，仰卧在地。我突然有了一点灵感，但究竟是什么，还得再想想。

当我再次走进1203病房时，于红已经来了。她今天换了一个名牌手袋，只不过边角处磨得发白，看上去很陈旧。

“早上好！你今天看上去好多了。”简单寒暄后，我绕到病床前，将笔和本子递给病人，“如果可以的话，今天还得耽误你一个小时的时间。”

“丹妮很早就醒了，肯定会告诉你很多东西。”于红说，“我们一早就在讨论……”

“讨论？”我皱着眉头说，“要知道，我很忌讳这个词。”

“有什么不对吗？”她愣在那里，“我只想让她说得更清楚一点。”

“怪我没有提醒你。以后你们不要谈论跟案件有关的任何事情。”我说，“她的记忆非常脆弱，很容易被破坏。”

她没说什么，只是闷声不响地走到我的对面，然后坐下来。现在，三个人又回到昨天的位置了。

“有一点让我疑惑，你说你看到了凶手的脸，可又说他戴着一只头套。这不是自相矛盾吗？”我问受害人。

受害人迟疑了一下，然后做了一个抓握的动作。

“你把头套……拽了下来？”

受害人点了点头，之后在本子上写了两个字。

“短发？”

受害人掐起指头，比划了一下。

于红在一旁解释说：“很短、很短的板寸头。”

这是时下很流行的发型，尤其受小青年青睐。修剪非常简单：用电剪平推，三分钟就能搞定。也许正是这样，看上去有点桀骜不驯的味道。

“你说得没错，凶手还真有点像个小混混。”我说，“好的。我想接着昨天的话题——他有什么显著的相貌特征？这一点很重要。显著的相貌特征往往是记忆中最深刻的部分，也是最真实的部分。”

受害人指了指自己的眼睛。

“她记得凶手的眼睛。她说凶手长着一双三角眼。”于红说。

我将一本眼部图谱递了过去。不是递给受害人，而是直接给了于红。

于红很快翻到某一页，用求证的口吻问受害人：“丹妮，像这种眼睛……是吗？”

受害人随即点了点头。

我接过图谱，仔细看了看。“没错。三角眼，看上去阴险狡诈。”我说，“不过，在这种椭圆脸型上出现三角眼的几率非常低。要知道，相貌中的五官构件是依附于脸型的。它们的外部形态，包括宽窄、角度和体积，都取决于面部固有的框架，好比什么样的树结什么样的果，必须符合一定的客观规律。拿椭圆脸来说，出现那种又大又圆的眼睛的可能性要大得多，而且看上去更加和谐统一。”

面前的两个人默不做声了。

接着，我又说：“除此之外，五官构件必须跟人格特征相匹配。如果凶手是个白白净净的年轻人，一个小混混，那么，长着一双阴险狡诈的三角眼的几率简直微乎其微。”

受害人用求助的目光看着我对面的人。

过了好一会儿，于红嗫嚅着说：“都过去好几天了……丹妮可能有点淡忘了。也许，就像你所说的那样……”

她把头转向受害人，“丹妮，你再好好想想……我怀疑……你是不是搞错了？”

受害人重新打开图谱……

等我再次接过图谱的时候，看到一双完全不同的眼睛。正如我所说的，一双又圆又大的眼睛。

随后是鼻子和嘴巴。它们看上去并无特别之处。

“专家同志，你现在可以动笔了吧？”于红说，“说心里话，我们想早点看到凶手的画像。”

“还没呢。”我摸着下巴说，“别着急，我想把所有的情况都搞清楚了。”

“难道还有什么不清楚的吗？”

“坦率地说，昨天我跟杜警官对现场进行了测量。我们发现，仅仅借助筱茉书桌上的台灯散发出来的光线，根本无法分辨出一个人的相貌。”

停顿了一下，我又说："唯一的可能是：房间里的房灯是亮着的。房灯的亮度比台灯强很多，经过走廊漫射到客厅，光线虽然减弱了不少，但足以看清一张脸！"

受害人摇了摇头。

"房灯没开……还是记不清楚了？"于红这时紧紧握住对方的手问，"丹妮，你再想想，房灯当时开着的吗？"

受害人闭上了眼睛。

"她又开始犯糊涂了。"于红说，"前天我就问过这个问题——如果只有台灯，客厅里什么也看不见。她肯定记错了……"

我做了一个手势，于红这才打住。

"让她休息一下。她看上去有点累了。"我说。

我来到走廊，呼吸一下新鲜空气。看见杜凡站在走廊另一端，正在接电话，就朝他走了过去。

"情况怎么样？"他收了电话。

"做了两个测试。"

"说来听听！"

"先说第一个测试。"我说，"在对五官构件进行确认的过程中，我抛出一个完全不同的观点。结果是：受害人转而支持这个观点。作为支撑，我讲了一些不着边际的道理，都是一些蒙人的鬼话。事实上，我说的这个观点是完全不成立的。测试表明，受害人的易受暗示性非常强，这里面包括依赖、从众和对权威的服从。受害人还表现出极度的不自信。对来自外界的干扰非常敏感，一个微妙的变化就能让她改变决定。受害人对于红非常依赖。不只是当前，而是持久的、根深蒂固的，已经习以为常了。她在回答每一个问题时都会顾及于红的看法，从不质疑或反驳。这一弱点，恰恰被于红抓住了。我认为，后者的行为与其说是暗示或诱导，倒不如说是彻头彻尾的操控。”

“这并不奇怪。”杜凡说，“据我了解，丹妮优柔寡断，而于红则相反，是个十足的女汉子。两个人的性格正好互补。再说，从读卫校到冶金医院，再到现在，她们彼此太熟悉了。就像你说的，这种依赖是根深蒂固的。”

“我很纳闷，倒不是因为受害人，而是因为于红。”我说，“她知道对方的弱点却有意诱导，显然具有某种目的。”

“那么，第二个测试呢？”

“第二个测试可以说，是一个圈套。”

杜凡张了张嘴，又咽了回去。

我回头瞟了一眼，看见两名护士正推车走进了1203病房。

当我再次来到病房，于红说房灯是开着的时候，一点也没觉得意外。我只是缓缓走到窗前，然后拉上窗帘。

“很好。”我对房间里的昏暗光线非常满意，“现在，让我们进入当时的状态。

“那天晚上，你是用钥匙打开大门的，客厅没有开灯，只有对面的内走廊透着光，是从筱茉的房间里漫射出来的。看上去一切正常，说明筱茉已经放学回家，正在房间里写作业呢。

“你在玄关换鞋，同时喊了两声‘筱茉’，没有任何回应。你没有觉得有什么不对头——是的，也许筱茉过于专心了。然后，你朝她的房间走去……你看见书桌上的台灯亮着，还有翻开的作业本……没有看见筱茉，你以为她去了卫生间或者阳台。不过，你很快紧张起来，因为地板上有血，一滴、两滴，一直延伸到房门那里。你感觉到不妙。就在这时，你听到风铃的声音。你喊了一声‘筱茉’，然后转身往外跑。客厅的光线很暗，你看到一个模糊的黑影，正朝大门慌忙逃窜，你喊叫着冲了过去……”

说到这儿，我停了一下。

“正如后来的现场测量，你的确看到了凶手，包括他身上的迷彩服。”我用平缓的语调说，“不过，仅凭台灯发出的漫射光，很难看清楚对方的脸。”

“不对！我刚才说过，当时筱茉房里的房灯是开着的。”于红说，“丹妮看得很清楚！”

我猛地拉开窗帘，阳光倾泻进来，让我的眼睛很不适应。回头看去，于红的眼皮又不由自主地颤动起来了。

“人的眼睛具有自我调节功能，骤然由明到暗或者由暗到明，都会产生应激反应。假如像你所说的，丹妮从开着房灯的卧室突然进入漆黑的客厅，眼睛需要至少十秒钟的时间来适应。这段时间里，她什么也看不见。这叫‘暗视场效应’。我昨天提到的房灯，是一个十足的伪命题。不用丹妮回答，我也知道房灯当时是关着的。”

于红脸色煞白，嘴唇紧抿着。

这时，从床头传来轻轻的抽泣声。受害人用手指着于红，然后又指向自己……

“我想知道，这到底是怎么回事。”我说。

“好吧，我不想再隐瞒了。就像你说的，凶手戴着头套。”于红镇定地说，“这事发生得太突然了。丹妮经受不了这种打击，已经崩溃了。筱茉是她的全部，完全可以这么说——她太想抓到凶手了。其实，那个穿迷彩服的小混混跟凶手是两码事……半个多月前的一个傍晚，我跟丹妮像往常一样在江滩散步，聊了很多家常，不知不觉从轮渡码头一直走到一片低洼的芦苇林，很偏僻。天快黑了，我们决定返回。就在这个时候，从我们身后突然冒出一个穿迷彩服的人，一把抢走了丹妮肩上的挎包，之后撒腿就跑。我大喊一声，追了上去。高中时，我是校田径队的，没几步就追上了。我想抓住他，结果就把他的迷彩服给扯下来了。然后，我扑上去，跟他扭打起来。他戴着一个黑色头套，把脸捂得严严实实的。我一把拽下头套，是个长得白白净净、大概二十来岁的小伙子。他慌了，拿挎包砸过来，之后就跑了。我没有再追，因为他什么东西也没有抢走。”

“这么说，你也看到了这个人？”我转而问受害人。

“丹妮当然看到了。她就站在旁边，吓得直哆嗦。她胆子特别小。”于红说，“我一直没有说出真相，是因为不想伤害她。如果当面揭穿，对她来说又是一次打击。我不想这么做……”说完，她把脸深深埋进双手里。

我看见泪珠从受害人紧闭着的眼角滚落下来。

“当丹妮在本子上写下‘头套’时，我就意识到确有其事。”我摩挲着下巴，“她在客厅看到了凶手，一个穿迷彩服、戴头套的人——跟半个月前试图抢劫的小混混简直一模一样。说到这儿，我不禁想问：在那次抢劫事件中，小混混遗落在现场的迷彩服和头套——它们在哪里？”

“我把它们捡起来，塞进了包里。我跟丹妮原本打算报警，把它们交给警察。不过，后来改变了主意。”于红说，“回家后，它们被我扔进了垃圾桶。有什么问题吗？”

我冷冷地看着于红。她移开视线，拿手掖了掖被角。

“两起案件的犯罪嫌疑人有着相同的装扮，难道不觉得蹊跷吗？”杜凡问道。

这家伙，不知道什么时候溜进来了。

“丹妮是被人盯上了。她总是一身名牌，把自己打扮得珠光宝气。我觉得两起案子都是那个小混混干的。”于红的声音里透着一丝慌乱。

“哼哼！”我冷笑了一声，“如果没有猜错的话，半个月前你从江滩捡回来的迷彩服和头套并没有扔掉，后来派上了用场，被凶手当作伪装。”

“你……你这是什么意思？”于红瞪大了眼睛。

“我一直感到奇怪，筱茉身穿睡衣在卧室里被袭击，现场门窗完好。一位少女在穿着睡衣的情况下，会让谁进入自己的卧室？于红，作为丹妮和筱茉最亲近的人，你帮我们想想！”

“你是什么意思？你这是血口喷人！”于红的脸转而变得通红，全身也紧绷起来。她朝床头看去，受害人一边痛苦地呜咽着，一边伸出手，颤颤巍巍地指着她。

这是谁都不想看到的一幕。

“你已经丧心病狂！至于你的作案动机，我还不敢安下结论。不过，我们很快就会搞清楚的。”我朝病床靠近了一步，同时给了杜凡一个眼神。

于红的眼珠子滴溜溜地转动着，最终停留在床头柜的边沿。那儿放着一把水果刀。她猛然伸手，但晚了一步。

杜凡敏捷地将她扑倒在地。

再见到于红是一周之后，她戴着手铐坐在对面。

“你不是想知道我的作案动机吗？我现在就告诉你。”她冲我惨淡地笑了一下，“我身上的裙子是丹妮给我的，是她不要的旧衣服。脸上抹的也是她给的，快要过期的化妆品。我们是老同学，也是好朋友，从认识到现在足足有二十五年的时间了。但我时常觉得，我像她的一个小跟班，召之即来、挥之即去，帮她拿这拿那，跑上跑下。更像保姆，帮她打扫卫生、接送孩子。她喜欢跟我在一起，也许出于另一种需要——因为有我，才能衬托出她的美丽和高贵，还有富有和慷慨。我的确不如她，什么地方都不如她，但我真心看重我们之间的情分，从没把这些琐碎小事放在心上。后来，我渐渐发现，对她来说，我只是一块抹布——一块又破又脏的抹布，就是这样。”她停顿了一下，

“我和丹妮还有一个同病相怜的地方，我们都是单亲母亲，孩子是我们唯一的指望。我儿子挺争气的，在上海上大学。不过，去年夏天，这孩子惹上点事儿，别人要他赔一笔钱。我凑来凑去，还差一点，就跟丹妮开了口。你知道她怎么说的，她要我把房子作抵押。我同意了，可她坚持要等手续办下来才给我钱。我能等，可我儿子等不了。等我拿到钱的时候，接到的是警察的电话，我儿子……他竟然……竟然自杀了。”说到这儿，她已经泣不成声了。

“杀了徐丹妮的孩子，难道你的孩子就能回来吗?”我把纸巾递给对方。

“我让她也尝尝这种滋味，这种剜心的痛。那天九点多钟，我去她家的时候，看着筱茉在台灯下写作业。平时，我经常接她放学，给她做好吃的，把她当自己的孩子一样看待，我确实犹豫了。可你知道吗，当她扭头看我的时候，那种轻蔑和厌恶，就像看到一只脏兮兮的癞皮狗……”

把这一切说完了，于红沉默了，眼里没有了泪，反而呈现出一种释怀后的坦然。

在被带离时，她突然回头问我：“丹妮……她好些了吗？”

我没有回答。身体的伤痛可以治愈，心上的痛呢？

出门后，我上了杜凡的车。

“那天，你身手挺不错的。”我说。

“伙计，这可是头一次听你表扬我。”杜凡酸不溜秋地说，“没想到……到手的山芋被一个画像专家给抢走了。”

“什么意思？”

“其实……我早就盯上她了。”他露出一脸坏笑，“第一次走访的时候，她脱口而出，说凶手的作案工具是锤子。而事实上，法医仅仅推断是一种钝器。”

“你以为我会中途撂挑子，没想到却赖着不走了。”我说，“我可不是为了跟你抢功劳，只是想把那套‘变焦’的理论在你面前显摆一下。对了，周末我想去东湖拍几张照片，不知你有没有兴趣。”

“恕我俗事缠身，我可没你那么快活。”黄灯闪烁后红灯亮起，杜凡踩了刹车，“不过……听起来好像不错。学画像为时已晚，学学‘变焦’倒是很有必要。好了，那就一言为定！”

绿灯亮了，汽车继续前行。

弄巧成拙

有人说过这样一句话：永远不要偷看老婆的手机。

对我来说，这绝对是一句至理名言。

如果把它当作一条金科玉律，我现在正快活着呢，跟一帮老同学去了呼伦贝尔，在草原上策马奔腾或者狂饮马奶子酒。

都怪自己手贱。昨晚，在老婆洗澡的时候，我鬼使神差地把手伸向了她的手机。打开微信，我很快注意到一个名叫“麦子”的家伙。头像照片乍看上去，有些眼熟。进入朋友圈细瞧，确认是本市颇有名望的麦姓收藏家。翻看两人的聊天记录，除了互称“亲爱的”，

聊天内容也不堪入目。我恍然发觉，头上多了顶“绿帽子”。

面对老婆的出轨，我怒火中烧。正待拿她是问，转而一想：事缓则圆，冲动无益于解决问题。我打开麦子的个人界面，上面有他的电话号码。随后，我心生一计。

我驱车前往桂山。时值雨后，盘山公路上一片云遮雾绕。我把收音机调到交通台，里面是雨天驾驶的相关提示。

拐入一条岔道后，眼前出现一片浓密的竹林。绕着竹林继续往前，看见路边立着一个凉亭。上面写着“雨竹亭”三个字——正是我跟麦子约定的见面地点。

我把车停在路肩。下车溜达一圈，发现四周被竹林遮蔽，环境显得犹为孤寂。

一辆路虎星脉，从对面缓缓驶来。停车后，一个身材矮小肥胖的家伙从驾驶室下来。

“是你找我？”来人正是麦子。

“是的。”我说，“我是‘心草’的老公。”

“找我有什么事？”麦子故作镇定地问。

“找你有什么事，难道你心里不明白?”我反问一句。

麦子眼里闪过一丝慌乱，旋即又恢复了淡定。

“有话就直说吧!”他满不在乎地说，“我还有其他事。”

“你勾引我老婆，破坏我们的婚姻，竟然装出一副无所谓的样子，好像这是一件理所当然的事情。”我诘问他，“我是一个注重家庭和名誉的人。你不仅毁了我的家庭，还让我在众人面前抬不起头来。我现在郑重警告你：立即停止这种不道德的行为！不许继续纠缠心草！除此之外，鉴于你对我的家庭以及我本人造成的不良影响和精神伤害，你应该做出相应的补偿!”

“呵呵，最后才是重点，对吧?”麦子轻蔑地看过来，“听心草讲，你在外头借了好多钱，美其名曰做生意，其实都花在吃喝嫖赌上了；现在天天有人上门逼债，日子不好过呀。不过，这跟我可半毛钱关系也没有。”

我没有应声。

“再说我跟心草，说句不好听的，只是逢场作戏、各取所需罢了，谈不上谁勾引谁，也谈不上谁亏欠谁。”麦子讥笑道，“其实，我早想把她给甩了。可这婆娘一直死缠着我不放，三天两头找我要钱。我现在，只差没报警了。”

“你他妈真不要脸！”我怒火中烧，“把我老婆睡了，竟然倒打一耙！”

“别激动嘛。”麦子换了一种口吻，“你想得到怎样的补偿？”

“我不是来找你要钱的，只想借用一个小东西。”我看向他的脖子，“你戴的这串翡翠项链不错。如能忍痛割爱，咱们就一笔勾销。”

我这么说，是有原因的。我看过麦子的专访，他在镜头前展示了他的诸多藏品。其中，特意提到这串翡翠项链。

“想都别想。”对方正色道，“知道这玩意儿值多少钱吗？最少两百万。”接着又说，“我知道你是个什么货色。不过，有一点你要放明白！我麦子也不是什么嫩葱，谁想掐就能随便掐的。想在我身上打主意，趁早死心。”

“少他妈废话！”我一把揪住他的衣领，“今天你同意也罢，不同意也罢，咱们必须做个了断！”

没想到，他抬手就是一拳。我低头躲闪，顺势将他拦腰抱住。不料脚下一滑，两个人双双摔倒在地。

毕竟我比他高大，翻滚中很快占了上风。我把他按在地上，双手紧紧掐住他的脖子。

他奋力反抗，不知从什么地方抓起一块拳头大的石头，朝我劈头盖脸地砸过来。幸亏眼疾手快，我反手将石头夺了下来。下一刻只觉得血脉贲张，满脑袋是抑制不住的冲动，我举起石头，狠狠地砸了下去，一下，两下，三下……

等停下来时，眼前已是一片血肉模糊。我这才意识到，闯下了大祸。

连忙起身。可没走两步又折返回来，视线最终停留在他的脖子上。稍作迟疑之后，我拽下项链，跌跌撞撞地回到车上。

此刻，我本能地想着尽快逃离。可是，发动引擎的一刹那，脑袋里忽然冒出一个疑问：就这么溜走，能脱得了干系吗？

答案是否定的。尽管目所能及的地方没有监控探头，但往前或者往后的路口肯定有。警方轻易就能调出我在事发时间段出入现场的视频。即使没有视频，他们也能通过大数据进行筛查，根据人员和车辆的活动轨迹将我纳入视线。

想到这儿，我越发惴惴不安。说实在的，我设想过跟麦子见面后的各种可能，唯独没有杀死他的场景。

我后悔万分。

可后悔有什么用？当务之急，是找到一个对策，一个能够帮我摆脱罪责的万全之策。

我发现收音机还开着，里面隐隐传来主持人富有磁性的声音："遇到这种情况，车主朋友们千万不要惊慌！可以选择就近停车，并及时拨打 110 或 122 报警求助……"

我微微一愣，脑袋里突然冒出一个激灵。如此这般的一番思考之后，我掏出手机，拨通了 110 报警电话。

"您好，这里是 110。请问有什么需要帮助的吗？"电话里传来接警员的声音。

"我是一名车主，在桂山。刚才我在雨竹亭附近发现一具尸体。"

"请您详细提供一下现场的地址。"

"桂山紫竹苑西北角的雨竹亭。尸体就在旁边的竹林里。”

“现场有没有其他人？”

“没有。就我一个人。”我说，“我刚从这里路过，看见路边躺着一个人。下车查看，发现这个人脸上全是血，已经死了。对了，路边还停着一辆路虎越野车。”

“好的，请您不要破坏现场。出警民警会马上赶过来。”

“请问我可以走了吗？”

“如果确认没有危险的话，您最好待在原地。我们已经通知刑侦部门，他们需要了解现场的原始状况。请您耐心等待几分钟。”

挂掉电话，我发现夹克衫和手上沾染了血迹，连忙脱下夹克衫，将它塞到座椅下面，又拿矿泉水冲洗了手上的血迹。之后，我下了车，深吸了几口新鲜空气，让自己尽量平复下来。

这时，我看见一个穿紧身运动服的年轻女孩从远处跑过来。快到跟前时，我朝她挥了挥手。

“不要过来！”我提醒说，“前面出了点事情。”

女孩停下脚步。她朝路边看了一眼，不禁张大了嘴。

“太可怕了！”她一只手捂住嘴，“这个人是怎么了？”

“死了。”我说，“我打了110，警察马上赶过来。”

“是车祸吗？”她朝我走过来，“还是遭到了野兽的袭击？”

“是被谋杀的。”我指了尸体旁边那块带血的石头，“有人用石头把他砸死了，肯定是这样。”

“简直太恐怖了！”她瞪大了眼睛，“是你发现的吗？”

“是的。”我回答道，“现在是采黄菌菇的季节，我准备采点蘑菇回去煨汤。没想到竟然遇到这种事情，真是倒霉……”

女孩凝视竹林，半天不语，似乎想起了什么。

“不对。”她皱起了眉头，“刚才我是沿着步道爬上来的。走到揽月台的时候，树林里突然钻出来一个人。当时，吓了我一跳。他从我旁边擦肩而过，之后慌慌张张地往山下跑了。”

“是个什么样的人？”我问。

“很年轻，二十岁左右的样子。”她回忆道，“穿着一件黑色套头衫，风帽套在脑袋上，好像故意不想别人看到自己。莫非……他就是凶手？”

“看到他的五官没有？”我追问。

“眼睛不大，鼻梁有点高，嘴巴就不记得了。”她说，“长得白白净净的，还有……我记得他脸上有颗痣，好像在眼角。对，绿豆大小的一颗痣。”

听她说完，我心里顿时有了主意。

“听你这么说，我倒想起来了。”我转动眼珠，“上山的时候，我也看见过这个人。跟你说的应该是同一个人。”

警笛声由远及近。很快，一辆警车在我和女孩面前停了下来。

从车里走出两名巡逻警察。在简单查看尸体之后，对我和女孩分别进行了询问。

当得知我们看到一个嫌疑人之后，其中一名警察用电台向指挥中心呼叫：“报告指挥中心！报告指挥中心！我是497！我是497！我已抵达桂山雨竹亭现场。初步判断：死者系他杀。现场有两名目击者。他们看到一名男性犯罪嫌疑人……497报告完毕！497报告完毕！”

“指挥中心收到！指挥中心收到！现场勘查车已经赶赴现场，请继续保护现场。刑侦部门已增派画像专家前往。收到请回答！收到请回答！”

“497 收到！497 收到！”

就在两名警察拉扯警戒带的时候，一辆现场勘查车开了过来。随后，几名身穿蓝色马甲、拎着勘查箱的技术人员径直朝尸体方向走去。

为避免不适，警察请我和女孩待在警车上。中途，女孩提出是否可以离开，得到的是否定的回答。可能意识到事关重大，女孩也不再坚持。我则忍而不发，盘算着下一步该如何应对。

十几分钟后，来了一辆银灰色商务车。两个便衣从车里走了出来。自我介绍后得知，一个是刑侦队长，另一个是画像专家。

趁刑侦队长向女孩了解情况，画像专家带我来到商务车上。

“说说你看到嫌疑人的经过。”画像专家说。

“我是在大牌楼附近看到这个家伙的。您知道，这里是盘山公路和登山步道的交汇处。”我开始编造剧情，“因为刚下过雨，我开得很慢。路上人很少，拐过一道急弯，有个人突然从步道上钻出来。要不是我赶紧踩刹车，肯定会撞到他。他也吓了一跳，慌慌张张地溜走了。当时的情况就是这样。”

“也就是说，你看到他的长相了。”画像专家问，“能给我描述一下吗？”

“是个二十岁左右的年轻人，大眼睛，高鼻梁，嘴唇不厚也不薄。”我不假思索地说，“穿件带风帽的套头衫。当时，他把风帽戴在头上。”

“他的相貌有什么特别之处吗？”画像专家接着问，“比如胡须、伤疤什么的。”

“没有胡须和伤疤，不过——”我摸了摸下巴，“他的眼角好像有颗痣，绿豆大小。”

“记得这颗痣的具体位置吗？”

“大概在这个位置。”我指着自己的眼角，“至于是左眼角还是右眼角，就拿不太准了。也就一晃眼的工夫，没看太仔细。”

“这很正常，目击者的观察取决于他的动机。”画像专家说，“我想，当时你仅仅以为遇到了一个冒失鬼，没想到他刚刚杀了一个人。如果知道对方是个杀人犯，你的观察就会变得更加主动积极，观察结果也会更加全面和仔细。”转而又问，“就你的感觉而言，他是一个什么样的人——我指的是人格特征。”

“长得白白净净。”我说，“这是我的第一感觉。”

“很好。”画像专家点了点头，“你对他的身高、体态应该有印象吧？”

“说实话，没太注意。”我含糊地说，“中等身材吧。没什么特别之处。”

“偏瘦还是偏胖？”画像专家提示说，“你只用回答这个。”

“可能……偏瘦一点。”我挠了挠后脑勺。

“身高呢？”

“跟我差不多吧。”我回答。

“好的，你先坐一会儿。稍安毋躁。”画像专家说，“我去问问那个女孩，也许她有什么可以补充的。”才走几步，他又突然转身，“你确信你是第一次看到嫌疑人？”

“是的。”我肯定地说，“之前没见过这个人。”

“就像你说的，只是一晃眼的工夫？”

“没错，就瞟了一眼。”

看着画像专家远去的背影，我反复回想刚才的对话，觉得并无纰漏。

没一会儿，画像专家回来了。

“我们需要确认那颗痣的位置。你知道，这个特征很重要。”画像专家说，“刚才我问了那个女孩，起初她做出了跟你一样的描述。不过，结合当时的目击条件，包括目击的光线、角度和距离，我始终认为她的记忆有问题。于是，运用记忆搜索策略对她进行启发和引导后最终发现：那颗痣不在眼角，而是在下巴上！”

画像专家指了下巴右侧的某个位置。

“可能，也许……”我皱了皱眉头，“也许她是对的。我的意思是，她是面对面看到那个人的，我却隔着挡风玻璃……”

“我懂了。”

等画像专家再次离开，我开始忐忑不安起来。我的描述不过是一种抄袭。面对画像专家给出的题目，我只能谨遵标准答案，断不可任意发挥或者自作主张。至于他刚才提到的问题——那颗痣的位置——除了灵活应对，几乎别无他法。

约摸十分钟后，画像专家回来了，身后还跟着刑侦队长。两人面色严峻。

“我现在口头告知你：因为涉嫌谋杀，你被逮捕了。”刑侦队长上前一步说。

犹如晴空霹雳，我顿时大惊失色。接着，他给我戴上了手铐。

“我什么都没干。”我竭力辩解道，“你们肯定搞错了！”

“你没有看到嫌疑人。”画像专家一字一句地说。

我一时语塞。

“人的相貌包含三种特征：分别是人格特征、整体特征和细节特征。从认知习惯来看，对一张脸的观察和记忆也是按照这个顺序，一步步深入的。简而言之，当你看到一个人的时候，首先产生的是情感上的好恶和评价，比如慈眉善目、清纯可爱，抑或奸滑狡诈、凶狠丑陋；其次，是对一张脸的整体感觉，比如饱满圆润、肥头大耳，或者獐头鼠目、尖嘴猴腮；最后，才是对细节的描述，诸如眼睛、鼻子、嘴巴的具体形状。”画像专家侃侃而谈，“有一个误区，当人们试图对某个人的相貌进行描述的时候，往往会反其道而行之。也就是说，他们通常把注意力集中在五官之类的细节上。殊不知，对细节的识别处于整个认知链的最末端，它们很容易被忽略。我们现在可以做一个小实验：你跟警车上的那个女孩待了不下半个小时，我问你：她是双眼皮还是单眼皮？”

我极力回想，但始终没有找到答案。

“你对嫌疑人的描述漏洞百出。”画像专家继续说，“你对五官之类的细节言之凿凿，相反，对人格和整体特征却含糊其辞。这显然有悖常理。”

我无言以对。

“你的回忆迷雾重重。随后，我询问了警车上的女孩，很快就找到了谜底。”画像专家直勾勾地朝我看过来，“你跟女孩有过交谈，得知她在上山的路上遇到某个形迹可疑的人，就打起了借题发挥的主意——想让别人为你背锅。随即，你编造了一段记忆，藉此虚构一个并不存在的目击对象。一则想为自己开脱罪责，二来试图混淆警方的视听。”

我咽了一口唾沫，感觉嗓子眼干得冒烟。

“只可惜，画虎不成反类犬——弄巧成拙呀！”画像专家轻轻叹了口气，“我询问女孩的时候，发现她的描述跟你几乎一模一样，包括嫌疑人眼角的那颗痣。这绝非巧合。所以，我反复询问了目击过程——你编造的目击过程。我发现，你对嫌疑人的观察非常短暂，而且缺乏显著的目的和动机。那就很难想象，你隔着玻璃的随意一瞥，就能够看得如此仔细。”

我额头上开始冒汗。

“为了检验你是否说谎，我刻意告诉你：通过对女孩进行引导和启发，最终发现那颗痣不在眼角，而是在下巴上。”画像专家略带得意地说，“其实，根本没有这回事。这只是我做的一个小测试。”

“是的，我的确说了谎。”我辩解说，“可我没有杀人!”

刑侦队长这时呵呵一笑。他不紧不慢地掏出手机，向我展示了一段监控视频。画面中，雨竹亭清晰可见，接着出现两个人，继而是相互打斗……

“实话告诉你!”刑侦队长漫不经心地说，“技术队的弟兄在死者身上找到了一把车钥匙，随后对死者的汽车进行了检查，就是旁边那辆路虎。他们调取了行车记录。要知道，这辆车的行车记录仪具有全时监控功能，整个作案过程可以说尽收眼底。”

我的汗水顺着脸颊，不停地滴落。

“杀人之后，你将死者的项链据为己有，把它揣进了裤兜。”刑侦队长厉声说，“现在,请你把它交出来!”

我从口袋里掏出那串翡翠项链，颤抖着递了过去。

随后，刑侦队长跟画像专家聊起了家常。也许因为破案及时，两个人显得兴致高涨。